ANDRZEJ MALESZKA

MAGICZNE DRZEWO

ANDRZEJ MALESZKA

MAGICZNE DRZEWO

CZERWONE KRZESŁO

ILUSTRACJE

ANDRZEJ MALESZKA

znak emotikon

KRAKÓW 2015

Projekt okładki i ilustracje
Andrzej Maleszka

Fotografia na 4. stronie okładki
Archiwum autora

Opieka redakcyjna
Maria Makuch

Adiustacja
Urszula Horecka
Anastazja Oleśkiewicz

Korekta
Barbara Gąsiorowska, Judyta Wałęga

Projekt typograficzny
PARASTUDIO

Łamanie
Irena Jagocha

Na okładce i w ilustracjach wykorzystano fotografie bohaterów autorstwa Macieja Mańkowskiego i Moniki Lisieckiej oraz elementy zdjęć autorstwa:
© Andrzej Maleszka
iStock/©anouschka, ©George Peters, ©Oinegue, ©GlobalStock, ©tiler84, ©deklofenak, ©4u, ©WilleeCole, ©AngiePhotos, ©4x6, ©nicolesy, ©GlobalStock.
Depositphotos/©nastia 1983
Dreamstime/©Kirsty Pargeter

ISBN 978-83-240-3333-1

Książki z dobrej strony: www.znak.com.pl
Społeczny Instytut Wydawniczy Znak, 30-105 Kraków, ul. Kościuszki 37
Dział sprzedaży: tel. (12) 61 99 569, e-mail: czytelnicy@znak.com.pl
Wydanie II, Kraków 2015. Druk: Colonel, Kraków

W dwutysięcznym roku nad Doliną Warty przeszła straszliwa burza. Trwała bez przerwy przez trzy dni i trzy noce. Przerażone zwierzęta kryły się w najgłębszych norach. Małe dzieci chowały głowy pod poduszki, by nie słyszeć nieustającego huku grzmotów. W wielu domach zgasło światło, a dachy porwała wichura.

Trzeciego dnia piorun uderzył w olbrzymi stary dąb rosnący na wzgórzu. Drzewo pękło i runęło na ziemię. Zadrżały domy w całej dolinie, a burza natychmiast ustała.

Nie był to zwyczajny dąb. Było to Magiczne Drzewo. Miało w sobie ogromną, cudowną moc. Lecz wtedy nikt o tym nie wiedział.

Ludzie zawieźli je do tartaku i pocięli na deski. Z drewna zrobiono setki różnych przedmiotów, a w każdym przedmiocie została cząstka magicznej mocy. W zwyczajnych rzeczach ukryła się siła, jakiej nie znał dotąd świat. Wysłano je do sklepów i od tego dnia na całym świecie zaczęły się niesamowite zdarzenia.

CZERWONE KRZESŁO

Dokładnie o północy Kuki otworzył oczy i zaraz je zamknął, bo okno rozświetliła błyskawica. Po sekundzie zahuczał grzmot i dom zadrżał. Kuki naciągnął kołdrę na głowę, bo nienawidził burzy. Od razu sobie wyobrażał, jak dom rozlatuje się na kawałki. Albo jak się pali. Albo że wszystkich porywają upiorne dzieciojady, które przylatują w czasie burzy. Miał dużą wyobraźnię.

– Filip, śpisz...? – szepnął Kuki. – Filip!

Nikt nie odpowiedział. Chłopiec powoli wypełzł spod kołdry i spojrzał na łóżko brata.

Było puste. Filipa nie było. Kuki wyskoczył z łóżka i podbiegł do lampy. Nacisnął włącznik, ale światło się nie zapaliło.

Nie było brata i nie było światła!

Ostrożnie otworzył drzwi i wyszedł na ciemny korytarz. Cisza. Słychać tylko kapanie. Plum... Kap... Z sufitu sączyła się strużka wody.

– Co się dzieje? Tośka!

Otworzył drzwi z napisem: *Kto wejdzie bez pukania, to trup*, i krzyknął:

– Tosia! Obudź się!

Ale siostry także nie było.

Łóżko stało puste, a kołdra leżała na podłodze.

Kuki popędził do pokoju rodziców.

– Tato!

Lecz w ciemnej sypialni nikogo nie było. Tylko potrącona drzwiami wiolonczela wydała długi jęczący dźwięk. Gdzie oni wszyscy się podziali? Był zupełnie sam, w środku burzy, nie było światła, a na zegarze wybiła północ. To naprawdę nie jest mało dla dziewięcioletniego człowieka.

– Czuję, że będą kłopoty – wyszeptał Kuki.

A woda wciąż kapała z sufitu. Plum... kap... plum... kap... Ponury rytm, który przerażał go najbardziej.

– Muszę zachować spokój. Nie mogę się denerwować. Muszę znaleźć jakieś rozwiązanie... Tato mówi, że zawsze można znaleźć rozwiązanie i...

Błyskawica znów rozjaśniła mrok mieszkania, a jej białe światło odbiło się w kałuży na podłodze. Chłopcu zdawało się, że to nie woda, tylko straszliwa trucizna. Jedna kropla wystarczy, żeby spalić jego bose stopy.

– Trzeba kogoś zawołać – wyszeptał. – Muszę wezwać pomoc...

Ruszył do drzwi, ale był pewien, że nie może wyjść z domu bez broni. Chciał pobiec po świetlny miecz, który dostał od taty, ale zrezygnował. Wiedział, że to dziecinna zabawka, która go przed niczym nie obroni. Chwycił metalowy flet, na którym grała jego siostra. Flet był niebezpieczną bronią, bo miał sterczące klawisze i był ciężki. Kuki ruszył w stronę drzwi. Już miał nacisnąć klamkę, kiedy usłyszał cichy trzask. Po drugiej stronie drzwi ktoś włożył klucz do zamka i niezmiernie powoli go obracał. Kuki zastygł.

– Porwali wszystkich, a teraz wrócili po mnie! – pomyślał z rozpaczą. – Chcą zabrać ostatniego z rodziny Rossów...

Zasuwka zamka zgrzytnęła i przesunęła się. Klamka powoli opadła, a potem drzwi z cichutkim trzeszczeniem zaczęły się otwierać. Kuki resztkami sił odskoczył i ukrył się za płaszczami na wieszaku. W mroku widział, jak skrada się jakaś postać w hełmie i zbliża do niego. Nie mógł czekać. Musiał zaatakować pierwszy. Wyskoczył zza płaszczy i z całych sił walnął przeciwnika metalowym fletem.

Usłyszał dziki wrzask:

– Ała!

A potem: – Kuki, ty kretynie! Co robisz?

Jego dwunastoletni brat Filip zdjął kask rowerowy i rozcierał głowę. Do mieszkania wbiegła mama w mokrej pelerynie, z latarką w ręku.

– Co się stało?

– Kuki chciał mnie ukatrupić! – zawołał Filip.

Mama podbiegła do Kukiego.

– Króliczku, obudziłeś się? Mówiłam, że ktoś musi z nim zostać! – Mama przytuliła chłopca. – Nie bój się. Już wróciliśmy...

Do korytarza weszli tato i Tosia. Byli kompletnie przemoczeni. Tato niósł deski i kawałki folii. Filip zawołał do siostry:

– Tośka! Kuki rozwalił ci flet!

– Co?

Dziewczynka chwyciła flet, który był wygięty i miał pęknięty ustnik.

– Dlaczego go zepsuliście!?

– Nie my, tylko Kuki! – krzyknął Filip.

– Spokój – powiedział tato. – Zdejmijcie mokre rzeczy i chodźcie na ciepłą herbatę. Wszyscy.

Mama objęła Kukiego i poszli razem do kuchni.

Na kuchennym stole paliły się świece, a mama nalewała parującą herbatę do kubków. Burza już się skończyła. Kuki siedział owinięty kołdrą i ziewał. Filip przykładał lód do sińca na głowie, a Tośka próbowała naprawić flet.

– Wichura rozbiła okno na strychu – mówił tato – i woda lała się do domu. Musieliśmy wejść na dach, żeby to zreperować. Inaczej byśmy spali w akwarium.

– W dodatku prąd wysiadł! – zawołał Filip. – Było ciemno jak w trumnie.

– Dlaczego poszliście beze mnie? – oburzył się Kuki. – Ja też chciałbym wejść na dach.

– Jesteś za mały na taką akcję – powiedział Filip. – Pioruny tak waliły, że w każdej chwili mogliśmy być trafieni. Trzymałem tatę, żeby wichura go nie porwała. Ty byś umarł ze strachu.

– Nieprawda!

– Prawda. Było tak niebezpiecznie, że tato kazał mi włożyć kask.

– Przez twój kask mam rozwalony flet – mruknęła Tosia.

– Wolałabyś, żeby walnął mnie w głowę?

– Wolałabym, żeby cię walnął czymś innym. Po wakacjach mam egzamin. Jak ja będę ćwiczyć?

Kuki zerknął na siostrę, która smętnie oglądała zniszczony instrument. Tośka, tak jak Filip, chodziła do szkoły muzycznej. Miała jedenaście lat, ale wszyscy już mówili, że ma prawdziwy talent. Tak jak rodzice, którzy byli muzykami w orkiestrze. Filip też nieźle grał na skrzypcach, ale nie miał cierpliwości do ćwiczeń, bo interesowało go dużo innych rzeczy, na przykład piłka i gry RPG.

– Przepraszam – powiedział Kuki do siostry. – Nie chciałem go zepsuć.

– Dobra. – Tośka przytuliła brata. – Nie złoszczę się już. To nie twoja wina.

– Walnąłem go, bo myślałem, że jest dzieciojadem.

– Bo jestem – zaśmiał się upiornie Filip. – Jak zaśniesz, to odgryzę ci łapę, którą na mnie podniosłeś. Tylko ją umyj, bo brudojadem nie jestem.

Poszli spać dopiero o pierwszej w nocy. Mama przyszła jeszcze powiedzieć im dobranoc. Kiedy pochyliła się nad łóżkiem Kukiego, ten szepnął:

– Mamo...

– Co, króliczku?

– Wiesz, ja się obudziłem, bo miałem głupi sen.

– Nie myśl o tym.

– Ale chcę ci to powiedzieć. Śniło mi się, że ty i tato już nas nie chcecie. Że oddaliście mnie, Filipa i Tosię komuś obcemu i odeszliście.

– To głupi sen i zapomnij o nim. Ani ja, ani tato nigdy was nie zostawimy. Dobranoc.

Dwa tygodnie później w fabryce mebli Hoga zrobiono krzesło. Wykonano je z dębowego drewna i pomalowano na czerwony kolor. Był to jedyny egzemplarz, który miał jechać na targi mebli do Gdańska. Kiedy gruby kierowca, zwany Kluchą, wkładał krzesło do ciężarówki, zdawało mu się, że jest ciepłe i lekko się porusza. Wtedy sądził, że to złudzenie.

Ale to nie było złudzenie.

Gdy czerwone krzesło ruszało w podróż, Filip i Kuki wisieli na lampie. Tego dnia miała odwiedzić ich ciotka Maryla, której nikt nie lubił. W domu było wielkie sprzątanie. Mama poprosiła Filipa, żeby wkręcił żarówkę do lampy. Kuki chciał koniecznie pomóc, więc weszli na drabinę razem. I wtedy drabina się złamała. Zdążyli się jeszcze chwycić żyrandola i dyndali, mając do podłogi jakieś dwa metry.

Filip zeskoczył pierwszy i nic mu się nie stało. Kuki został na lampie.

– Nie utrzymam się – krzyczał.

– To skacz!

– Zabiję się. Połamię nogi! Będę miał wstrząs mózgu...

– Ty nie masz mózgu!... Skacz!

– Nie!

– To wytrzymaj jeszcze chwilę!

Filip rzucił się w stronę okrągłego stołu, na którym stało mnóstwo talerzy i filiżanek, a na środku duży tort. Przyciągnął stół pod żyrandol.

– Skacz!

– Nigdy! – wrzasnął Kuki. I wtedy żyrandol urwał się, a Kuki spadł na stół. Na szczęście tort osłabił upadek. Krem prysnął na ściany, filiżanki pofrunęły, a dzbanek z sokiem pękł na sto kawałków. Żyrandol zatrzymał się na przewodzie i kołysał centymetr nad głową Kukiego.

Wpadła Tosia, a za nią rodzice.

– Co wyście zrobili, kretyni!? – krzyknęła Tosia.

– Chcieliśmy wkręcić żarówkę.

– Przynieś wiadro i mop. Szybko!

Mama i tato podbiegli do Kukiego.

– Nic ci się nie stało?

– Chyba nie.

– Porusz rękoma. Nie boli cię nic?

– Boli mnie tyłek.

– Dobrze ci tak... Idź się przebrać.

Kuki pobiegł do korytarza, zostawiając za sobą kremowe ślady. Mama usiadła na kanapie. Bezradnie patrzyła na potłuczone naczynia i tort rozpaćkany na dywanie.

– Nie mam już siły. Tak się starałam, żeby ten dom wyglądał jak normalny dom. I oczywiście nie wygląda! Ona znowu powie, że niczego nie potrafię.

– Mówiłem, żeby nie zapraszać tej piranii – powiedział tato, zbierając z podłogi potłuczone filiżanki.

– To jest moja siostra! Nie była u nas od pięciu lat.

– Bo się bała, że będzie musiała kupić dzieciom jakiś prezent. Na przykład trzy cukierki.

– Przestań. Ona wcale nie jest taka zła.

– To czemu na widok cioci więdną kwiatki? – zapytał Filip.

– Co? Kto to wymyślił?

– Tato.

– Słuchajcie. Nie pozwalam tak mówić o Maryli! Poza tym zapomnieliście, że chcemy ją prosić o pożyczkę? Musimy spłacić długi. I kupić flet Tośce. Tylko od niej możemy pożyczyć pieniądze...

– Ciocia nie pożyczy. Jest skąpa jak Szkot – powiedział Filip.

– Jak będziecie dla niej tacy okropni, to na pewno nam nie pomoże...

W tej chwili zegar wybił godzinę czwartą. Mama zerwała się.

– Boże! Za godzinę tu będzie... Ona nigdy się nie spóźnia! Tośka! Idziecie kupić nowy tort. I jakieś ciastka. Maryla uwielbia słodycze... Tu macie pieniądze. I pożyczcie od pani Szmit kilka filiżanek. Szybko!

Ciężarówka firmy Hoga zatrzymała się na moście. Droga była zakorkowana. Sznur aut ciągnął się aż do zakrętu. Klucha wychylił się z szoferki.

– Co się stało?

– Wypadek – krzyknął policjant kierujący ruchem. – Rozbiła się cysterna z klejem. Masa samochodów się przykleiła i kilku ludzi. Właśnie próbują ich odkleić.

– Szlag by to trafił.

Klucha wyciągnął telefon, żeby zadzwonić do szefa, kiedy usłyszał dziwny dźwięk. Coś stukało w jego samochodzie. Obrócił się i nadsłuchiwał.

I znów – łomot, jakby w ciężarówce zamiast mebli jechał tygrys.

– Co tam się dzieje?

Klucha wysiadł i podbiegł do tylnych drzwi samochodu. We wnętrzu coś stukało w drzwi.

– Ej, kto tam jest?

Kierowca niepewnie wyciągnął rękę w stronę klamki. Lecz zanim jej dotknął... TRZASK! Drzwi otworzyły się z hukiem, odrzucając Kluchę, który poleciał na trawnik. Oszołomiony, powoli wstał i spojrzał na samochód. W otwartych drzwiach stało czerwone krzesło. Mebel się poruszał! Obracał się powoli, jakby chciał się rozejrzeć. Potem krzesło zaczęło się pochylać.

– Co jest...? – jęknął Klucha.

ŚWIST!!! Krzesło skoczyło jak tygrys, przelatując nad kierowcą, który wrzasnął i zamknął oczy. Minęła dłuższa chwila, zanim odważył się je otworzyć. Czerwone krzesło stało teraz na chodniku nieruchomo jak każdy normalny mebel. Klucha niepewnie wyciągnął rękę, żeby złapać je za nogę. Krzesło wymierzyło mu kopniaka i wskoczyło na barierę mostu. Zatańczyło na niej, przeskakując z nogi na nogę. Kierowca patrzył na nie obłędnym wzrokiem. Nagle rzucił się naprzód, żeby je pochwycić. Wtedy krzesło skoczyło do rzeki. Chlusnęła woda i przedmiot zatonął. Ale po chwili czerwone krzesło wynurzyło się i popłynęło, niesione prądem.

– Poproszę tort bezowy i dwanaście ciastek – powiedziała Tosia.

– Których ciastek?

– Z galaretką. Albo nie, z kremem toffi.

Tośka, Filip i Kuki stali za ladą cukierni. Sprzedawczyni pakowała ciastka do kartonika, oganiając się od os, które fruwały jak oszalałe nad słodyczami.

– Ja chcę lody – powiedział Kuki.

– Nie mamy forsy.

– Jedną gałkę.

– Mówię ci, że nie mamy kasy.

Wyszli z cukierni, dźwigając paczkę z tortem i karton ciastek. Ruszyli bulwarem biegnącym wzdłuż rzeki. – Czemu my teraz nie mamy na nic forsy? – spytał Kuki.

– Jesteś za mały, żeby to zrozumieć.

– Nieprawda. Chcę wiedzieć. Powiedzcie mi! Bo rzucę ten tort na ziemię.

– Zamknęli orkiestrę, w której grali rodzice – powiedział Filip. – Oni nie mają teraz pracy, rozumiesz?

Kuki spojrzał na niego wystraszony.

– Rodzice są bezrobotni?!

– Tak.

– Czemu mi nie powiedzieliście?

– Mama nie chciała cię martwić.

– I co teraz będzie?

– No, muszą znaleźć inną pracę.

– A jak nie znajdą?

– Pożyczą pieniądze od ciotki Maryli – powiedziała Tośka. – Ciotka jest bogata.

– Ona nic nam nie da. Jest obrzydliwa – stwierdził ponuro Kuki.

– Tylko jej tego nie mów. Musimy być dla niej mili. Mówię poważnie, rozumiesz?

Zatrzymali się przy zielonym domu stojącym nad brzegiem rzeki. – Zaczekaj tu. Pójdziemy do pani Szmit pożyczyć filiżanki. – Filip i Tośka weszli do budynku, a Kuki usiadł na kamiennym mostku. Myślał, że powinien jakoś pomóc rodzicom, choć zupełnie nie wiedział, jak to zrobić... Nagle zerwał się. Chwycił kawałek cegły leżący na chodniku i wbiegł na most. Napisał na nim wielkimi literami „Supermuzycy szukają pracy". I dopisał numer telefonu mamy. – Mogę to napisać wszędzie. Na każdej ulicy!

Chciał pobiec na drugą stronę mostu, kiedy coś zauważył. Rzeką płynął dziwny przedmiot. Ponad wodę wystawała tylko mała część, coś czerwonego i błyszczącego, a reszta kryła się pod powierzchnią. Chłopiec wychylił się przez barierkę i patrzył uważnie. Czerwony przedmiot co chwila znikał pod wodą i znów się wynurzał. Kuki przypomniał sobie, jak w jednym filmie chłopak wyłowił kufer z mumią. Miała złotą koronę. Ale potem ożyła i pożarła pół Nowego Jorku...

Czerwone „niewiadomoco" zbliżało się. Kuki położył się na mostku i wyciągnął rękę. Na szczęście most był niski i do wody było niedaleko. Wychylił się jeszcze mocniej, omal nie wpadając do rzeki, ale wciąż nie mógł dosięgnąć przedmiotu. Już myślał, że mu ucieknie, kiedy ten nagle zatrzymał się i podpłynął wprost do jego ręki. Kuki złapał go i z trudem wyciągnął z wody.

Był rozczarowany. To nie był żaden skarb, tylko zwykłe krzesło. Ale wyglądało jak nowe. Czerwony lakier lśnił w słońcu. Kuki wytarł siedzisko rękawem bluzy i usiadł. Poczuł coś dziwnego, jakby przeszedł go lekki prąd.

– Skąd masz to krzesło?

Obrócił się. Z zielonego domu wybiegł Filip. Za nim wyszła Tośka.

– Skąd je masz?

– Wyłowiłem.

– Zostaw tego śmiecia. Wracamy, bo ciotka zaraz przyjdzie.

– Ja je zabiorę do domu – powiedział stanowczo Kuki.

– Zgłupiałeś? Po co?

– Jak teraz jesteśmy biedni, to musimy zbierać różne rzeczy.

Filip parsknął śmiechem.

– Ale ty jesteś dziecinny!

Kuki nie odpowiedział. Złapał krzesło i ruszył w stronę ulicy Weneckiej, gdzie był ich dom.

Na ulicy Weneckiej, przed kamienicą numer siedem, zatrzymał się czarny mercedes M-Klasse. Wysiadła z niego wysoka chuda kobieta. Mimo ciepłego dnia była ubrana w długi płaszcz, który wyglądał jak wojskowy mundur zapięty po samą szyję. Miała czerwone buty na wysokim obcasie i czarny parasol. Jej oczy zasłaniały ciemne okulary i nie było widać, czy jest zła, ponura czy tylko smutna. Jednak na pewno nie wyglądała na osobę wesołą. Spojrzała niechętnie na kamienicę, z której w kilku miejscach odpadał tynk, a ściany były wymalowane kolorowym graffiti. Nadbiegli Filip, Tośka i Kuki dźwigający krzesło.

– Nie nauczyli was, że trzeba mówić dzień dobry? – spytała kobieta.

Rodzeństwo stanęło jak wryte. Dopiero teraz ją zauważyli.

– Dzień dobry, ciociu – powiedziała Tosia. Filip i Kuki kiwnęli tylko głowami, mrucząc coś pod nosem.

– Co to jest? – Ciotka wskazała parasolem czerwone krzesło, na którym przysiadł zmęczony Kuki.

– Wyciągnąłem je z wody.

– To już tak z wami źle, że musicie zbierać śmieci... – westchnęła ciotka i nacisnęła guzik w kluczyku od samochodu. Zamki w drzwiach mercedesa zablokowały się, a z dachu auta wysunął się metalowy kot na sprężynie. Zaczął podskakiwać, wydając miauczące dźwięki.

– Co to jest, ciociu? – zapytał zdumiony Kuki.

– To odstrasza ptaki. Inaczej te głupie zwierzaki paskudzą na samochód.

Ciotka ruszyła w stronę domu. Tośka pobiegła za nią.

Kuki szepnął do Filipa:

– Chciałbym, żeby przyleciało tysiąc ptaków i każdy zrobił kupę na jej auto.

– Cicho! Chodź...

Kuki wstał z krzesła. Chwycili je wspólnie z Filipem i wbiegli do kamienicy.

Nie widzieli, jak na niebie pojawiła się ogromna ciemna chmura, która rosła i szybko zbliżała się do ich domu.

Było to wielkie stado ptaków.

– Bądźcie dla niej mili i zachowujcie się normalnie – szeptała mama, nakładając w kuchni ciastka na półmisek. – I nie róbcie takich okropnych min. Przecież cioci będzie przykro.

– Cioci nie będzie przykro, bo jest robotem – powiedział Kuki.

– Co takiego?

– Tato mówi, że ciocia to robot do robienia pieniędzy.

Mama spiorunowała tatę wzrokiem.

– Weźcie ciastka i idźcie do pokoju. Ja zaraz przyjdę.

Ciotka siedziała w fotelu i oglądała pogięty flet. Spojrzała surowo na Tosię.

– Czemu go zniszczyłaś?

– To ja go zepsułem – przyznał się Kuki. – Walczyłem z dzieciojadem.

– Trzeba szanować rzeczy. Dobrze grasz?

– Chyba tak – powiedziała Tosia.

– Tośka jest świetna – zawołała mama, wchodząc z tortem bezowym. – Na flecie gra najlepiej w szkole. Siadajcie.

Usiedli przy okrągłym stole. Dzieci starały się odsunąć jak najdalej od ciotki. Kuki siedział na znalezionym czerwonym krześle.

– Lubisz tort bezowy, siostrzyczko? – spytała mama.

– Nie – mruknęła ciotka.

Mama zerknęła speszona.

– Jak byłaś mała, to lubiłaś słodycze.

– Udawałam. A wiesz czemu? Żeby dawali mi na nie pieniądze. A ja te pieniądze chowałam do słoika. Do dziś je trzymam.

– Czemu ciocia ich nie wydała? – spytał zdziwiony Kuki.

– Bo wolałam je zbierać. – Spojrzała surowo na Kukiego. – A ty oszczędzasz pieniądze?

– Tak, na statek do sklejania. Ale nie mogę uzbierać, bo stale je przepuszczam.

– To znaczy, że wcale nie chcesz tego statku.

– Bardzo chcę! Lotniskowiec, model jeden do dwustu...

Kuki poczuł, że czerwone krzesło zadrżało. Jednocześnie z korytarza dobiegł jakiś hałas. Ciotka obejrzała się.

– Macie jakieś zwierzę?

Filip, Kuki i Tośka zerwali się i pobiegli na korytarz. Drzwi na klatkę schodową były otwarte, a na wycieraczce stał wielki karton ze zdjęciem okrętu.

Kuki podbiegł do pudła.

– Łał! To jest lotniskowiec! Właśnie taki chciałem! Skąd to się wzięło?

– Chyba ciotka kupiła ci go w prezencie – szepnęła Tosia. – Może wszystkim coś kupiła?

– Nie wierzę – mruknął Filip. Ale na wszelki wypadek zajrzał za drzwi. Nic więcej tam nie było.

– Idź jej podziękować. – Tosia popchnęła Kukiego w stronę drzwi. – No idź!

Navy Aircraft Carrier
1/200 Scale

Kuki wziął karton i pobiegł do pokoju. Stanął przed ciotką i niepewnie powiedział:

– Dziękuję bardzo, ciociu.

– Za co?

Kuki spojrzał na nią zdziwiony.

– No, za prezent.

– Co? Jaki prezent?

Kuki pokazał karton z okrętem.

– Skąd ciocia wiedziała, że właśnie taki chcę?

– Ja ci niczego nie kupowałam! – krzyknęła ciotka.

Zdumiony Kuki spojrzał na mamę, która się uśmiechnęła.

– Dziękuję ci, Marylo...

Ciotka przerwała jej.

– To ma być złośliwość? Sugerujesz, że powinnam kupować prezenty twoim dzieciom? Ja uważam, że dzieci w ogóle nie powinny dostawać prezentów. Muszą same zdobywać to, czego chcą.

Wstała ze złością i podeszła do okna. Rodzina patrzyła na nią zdumiona. Kuki pochylił się do taty.

– Tato... Mam jej oddać ten lotniskowiec?

– Nie. Ona chyba chce, żebyś jej nie dziękował.

– Czemu?

– Nie mam pojęcia...

– Chcesz jeszcze kawy? – spytała mama. – A może soku...?

Ciotka odwróciła się.

– Nie wysilaj się, siostrzyczko. Wiem dobrze, po co mnie zaprosiłaś. Chcesz pożyczyć pieniądze, prawda?

Zapadła cisza.

– Widzisz... – zaczęła nieśmiało mama – mamy pewne problemy finansowe...

– Wy zawsze macie problemy.

– Straciliśmy pracę w orkiestrze. Potrzebujemy trochę gotówki. Oczywiście oddamy ci, jak...

Ciotka przerwała mamie.

– Wam nie można pożyczać pieniędzy, bo i tak je zmarnujecie.

Tato wstał.

– Wybacz, ale...

– Nie przerywaj mi!

Ciotka podeszła do mamy.

– Mam dla was propozycję. Jest świetna praca dla muzyków. Przez rok zarobicie tyle, że kupicie porządne mieszkanie.

– Co to za praca? – spytała mama.

– Orkiestra na statku Queen Victoria.

– Co!?

Dzieci spojrzały zdumione na ciotkę. Rodzice też byli zaskoczeni.

– My mamy grać na statku!?

– A co? To jakiś wstyd? – zaperzyła się ciotka. – Queen Victoria to najbardziej luksusowy statek świata. Bogaci ludzie pływają nim na Karaiby. Szukają muzyków do orkiestry. Zarobicie porządne pieniądze i świat zwiedzicie za darmo.

– Jak długo trwa taki rejs?

– Rok.

– Mamy wyjechać na rok!? – krzyknęła mama. – To niemożliwe. Przecież mamy dzieci.

– Dzieci zabiorę do mojego domu – powiedziała ciotka.

Rodzeństwo spojrzało na nią przerażone. Ciotka zmierzyła dzieci wzrokiem, od którego zrobiło im się lodowato.

– Już ja sobie z nimi poradzę! Przynajmniej nauczą się trochę dyscypliny. Oczywiście będziesz przysyłać pieniądze na ich utrzymanie.

– Mamy zostawić dzieci na cały rok?! Nie – powiedziała stanowczo mama. – Na pewno tego nie zrobimy!

– Nigdy mnie nie słuchasz! – Ciotka zerwała się z fotela. – A zresztą rób, co chcesz. – Chwyciła ze złością płaszcz i ruszyła do drzwi. – Pamiętaj, że ja ci już nie pomogę!

– Maryla, poczekaj...

– Na co? Aż zmądrzejecie? To się chyba nie doczekam!

Trzasnęła drzwiami. Mama chciała za nią pobiec, ale tato ją zatrzymał.

Ciotka zeszła po schodach, potykając się na wysokich obcasach. Otworzyła drzwi na ulicę i gwałtownie się zatrzymała.

Nad jej samochodem fruwały setki ptaków. Wyglądały jak olbrzymia wrzeszcząca chmura. Inne ptaki obsiadły mercedesa, zmieniając go w pierzastego potwora.

– Oszalały czy co?

Ciotka rzuciła się w stronę auta. Krzyczała i tłukła parasolką, próbując rozgonić ptaki, które kłębiły się wokół jej głowy, dziko skrzecząc. Białe pociski spadały na ciotkę ze wszystkich stron, brudząc płaszcz i parasol. W końcu z trudem otworzyła drzwi i wskoczyła do samochodu. Wycieraczki rozpaczliwie zapiszczały, próbując oczyścić okno. Po chwili mercedes ruszył z piskiem opon. Chmura ptaków poleciała za nim.

Rodzina nie widziała tego zdumiewającego zdarzenia. Siedzieli w milczeniu na kanapie. Wreszcie Tosia cicho spytała.

– Mamo... Wy nigdzie nie wyjedziecie, prawda?

– Nie wyjedziemy.

– I nie oddacie nas do ciotki? – spytał Filip.

Tato położył rękę na jego ramieniu.

– Nigdy i nikomu was nie oddamy, przysięgam!

Kuki usiadł obok mamy.

– Pamiętasz, śniło mi się, że nas zostawiliście...

– Króliczku. Ja bez was nie wytrzymałabym nawet jednego dnia, rozumiesz? Od razu bym z tego statku wyskoczyła i do was przypłynęła.

– Przecież ty nie umiesz pływać – powiedziała Tosia.

– No właśnie. Sama widzisz, że to robota nie dla mnie.

– Kocham cię, mamo.

Tosia objęła mamę. Kuki zrobił to samo. Filip spojrzał na tatę i nagle, nie wiadomo czemu, roześmiali się. Poczuli się dobrze i bezpiecznie. Już się nie martwili.

– Pirania nie pożarła tortu. Czy ktoś ma na niego ochotę? – spytał tato.

– Tak!

– Ale pamiętajcie: nikt już nie mówi o ciotce i statkach.

– A mój lotniskowiec? – spytał Kuki.

– Otwieraj to pudło. Skleimy go!

Zapadł zmrok, zanim skończyli budować wielki lotniskowiec. Potem mama z Filipem upiekli mnóstwo zapiekanek (Filip był zapiekankowym ekspertem) i do późnego wieczora grali w karty. Kuki siedział na czerwonym krześle i bez przerwy przegrywał, aż w końcu zawołał:

– Nie chcę już grać!

TRZASK. Otworzyło się okno. Przeciąg porwał wszystkie karty do gry. Zawirowały i wyfrunęły. Zanim zdążyli coś powiedzieć, zadzwonił telefon.

Odebrała mama. Głos w słuchawce powiedział:

– Słuchaj. Jest robota dla muzyków! Przyjdźcie na Jarmark Augustino.

– Ale kto mówi? – spytała mama.

– Max Rozmus. Macie być rano, jasne?

– A skąd ma pan mój numer?

– Z mostu – odpowiedział tajemniczy głos. I rozłączył się.

Rankiem rodzice zapakowali instrumenty, żeby pojechać na Stary Rynek, gdzie odbywał się Jarmark Augustino. Tosia, Filip i Kuki uparli się, że pojadą z nimi. Chcieli koniecznie zobaczyć, co to za praca. Wybiegli z domu w pośpiechu, zapominając zamknąć okno w kuchni.

Kiedy wyszli, czerwone krzesło, stojące obok łóżka Kukiego, drgnęło. Powoli obróciło się, a potem ruszyło do drzwi. Poruszało się jak dziwny robot. Jego nogi nie zginały się. Unosiło się tylko i opadało, pchane jakąś niezwykłą siłą. Czerwone krzesło weszło do kuchni i zatrzymało się przy otwartym oknie. Później uniosło się, zawisając metr nad podłogą. Aż nagle, z wielką szybkością, wyfrunęło przez okno.

Stare volvo pędziło pustą o rannej porze ulicą Wenecką w stronę Starego Miasta. Rodzeństwo siedziało przygniecione wielkim pudłem z wiolonczelą. Ale nie przejmowali się tym. Zgadywali, co to za praca i ile rodzice będą zarabiać. Wymyślali coraz to większe sumy:

– Tysiak!

– Sto tysiaków!

– Milion.

– Bilion!

– Trylion!

W końcu Filip krzyknął:

– Seksnonagilion!

Mama oburzyła się:

– Filip, przestań mówić takie słowa.

– Naprawdę jest taka liczba – upierał się Filip.

Na jezdni siedział mały kundelek, więc tato zwolnił i ostrożnie go wyminął. Psiak nawet nie spojrzał na auto. Gapił się w górę. Nad ulicą frunęło czerwone krzesło, unosząc się kilka metrów ponad jezdnią. Dogoniło samochód i leciało tuż nad nim. A potem łagodnie wylądowało na dachu volva.

Samochód wjechał na rynek. Pełno tu było kolorowych straganów, na których sprzedawcy właśnie rozkładali towary. Unosiły się balony z reklamami. Grała muzyka i było dużo ludzi. Na środku rynku stał wielki namiot z napisem: „Jarmark Augustino".

Tato zaparkował samochód.

– Trzymajcie się blisko, bo się zgubimy.

Wysiedli z auta. Zobaczyli czerwone krzesło stojące na dachu volva.

Jego nogi były zaczepione o bagażnik. – Kuki! Po co je zabrałeś? – zawołał tato. – Mogło spaść i spowodować wypadek!

– Ja go tam nie włożyłem! – krzyknął Kuki.

– A kto!?

– Pewnie Filip.

– Odczep się – zawołał oburzony brat.

– Ja na pewno go nie brałem!

– Może powiesz, że samo przyleciało! – zawołał Filip.

– Zostawcie już to krzesło – powiedziała mama. – Bierzcie instrumenty! Musimy znaleźć tego Maksa.

Max Rozmus był szefem Jarmarku Augustino, ale przede wszystkim był oszustem, złodziejem i łobuzem. A jeśli kimś na pewno nie był, to dobrym człowiekiem. Każdy, kto chciał handlować na jarmarku, musiał mu płacić. Inaczej miał kłopoty. Na przykład rozbitą szybę w samochodzie. Albo rozbitą głowę. Max był ogolony na łyso, a na nogach miał jumpery, czyli buty ze sprężynami. To pozwalało mu szybko biegać. I mocno kopać, jeśli ktoś był nieposłuszny. Właśnie, jak co rano, wyruszył na obchód, żeby zebrać haracz. Zatrzymał się obok chudego chłopaka, który handlował okularami przeciwsłonecznymi.

– Ej, mały. Zapłaciłeś?

– Za co?

– Za to, że możesz tu stać. Kto nie płaci, nie handluje.

– Wczoraj płaciłem, nie zapłacę więcej.

– To wynocha stąd.

– Czemu?

– Bo ja tu rządzę, rozumiesz?! – Max kopnął stragan i okulary posypały się na ulicę. Zaczął po nich skakać, miażdżąc oprawki. W końcu się uspokoił. – No. Teraz już rozumiesz.

Ruszył dalej, sadząc wielkie susy na sprężynowych butach. Zrozpaczony chudzielec ukląkł, żeby powyciągać ze sterty odłamków kilka ocalałych oprawek.

Mama z tatą przepychali się przez tłum ludzi na rynku. Za nimi biegli Tosia i Filip z wiolonczelą. Kuki dźwigał czerwone krzesło. Zatrzymali się obok straganów ze słodyczami.

– Zaczekajcie tu – powiedziała mama. – Muszę znaleźć tego Rozmusa...

– To ja. O co chodzi?

Rodzina obejrzała się. Za nimi stał wygolony na łyso mężczyzna w dziwnych butach na sprężynach.

– Pan do mnie dzwonił – powiedziała nieśmiało mama. – Podobno jest praca dla...

– Jesteście puszki czy komóry?

– Co?

– Dobra. Będziecie komóry. Chodźcie ze mną.

Mężczyzna popędził do namiotu, robiąc na jumperach trzymetrowe kroki. Musieli biec za nim naprawdę szybko.

– To jakiś wariat – szepnęła mama. – Piotrek, wracajmy do domu!

– Poczekaj, zobaczymy, o co tu chodzi.

Weszli do namiotu. Było tu pełno dziwnych przebierańców. Jedni wyglądali jak wielkie puszki coca-coli, inni byli przebrani za paczki chipsów. Dalej olbrzymi pieczony kurczak grał na gitarze.

Max zdjął z wieszaka dwa kostiumy wyglądające jak gigantyczne telefony komórkowe. Były jaskrawożółte i miały napis „Dzwoń za darmo aż do śmierci".

– Ubierajcie się w to.

– Ale proszę pana, my jesteśmy muzykami!... – zaprotestowała mama.

– O to chodzi. Przebieracie się za telefony i będziecie grać. To jest promocja, jasne? Zapłacę wam wieczorem, po stówie dla każdego.

Max wyszedł. Mama spojrzała na tatę.

– To jakaś paranoja. Jesteśmy muzykami, a nie jakimiś pajacami. Wynosimy się stąd.

– Weź dzieciaki i idźcie do domu – powiedział tato. – Ja zostanę. Mogę udawać telefon, jeśli mi zapłacą. Musimy wreszcie zarobić jakieś pieniądze.

– My zostaniemy z tatą – zawołało rodzeństwo.

– No dobra. Ja też będę komórą – westchnęła mama. – Ale jak komuś o tym powiecie, to wam nie wybaczę.

Dwa wielkie telefony stanęły na środku rynku i zagrały sonatę Mozarta. Mama starała się ukryć jak najgłębiej w kostiumie, bo się bała, że zobaczy ją ktoś znajomy. Tato odwrotnie, wysuwał głowę z żółtej słuchawki i robił miny do dzieci. Filip i Tośka usiedli na krawędzi sceny i wybijali rytm na deskach. Kuki siedział na czerwonym krześle i udawał, że dyryguje. Nagle rozległ się jakiś hałas.

Ze sklepu wyszli trzej faceci z puszkami piwa w ręku. Na widok grających telefonów zaczęli się wydzierać. Udawali wyjące psy, zagłuszając muzykę. Jeden z nich walił puszką o latarnię.

Filip szepnął:

– Tato, jakby co, to my się z nimi bijemy, a dziewczyny niech uciekają.

– Ja też mogę się bić – szepnęła Tośka.

– Cii... Nie prowokujcie ich. Zaraz pójdą.

Jednak chuligani nie mieli ochoty nigdzie iść. Największy, wytatuowany na ramionach, rzucił puszkę, która przeleciała obok głowy mamy. Wrzeszczeli coraz głośniej.

Kuki obrócił się w ich stronę i zawołał.

– Nie przeszkadzajcie. Idźcie rozrabiać gdzie indziej!

I wtedy stała się rzecz niezwykła. Chuligani nagle zamilkli. Zastygli w bezruchu i patrzyli na Kukiego jak zahipnotyzowani. A potem jednocześnie rzucili się do ucieczki. Pędzili jak szaleńcy. Po kilku sekundach zniknęli za rogiem ulicy. I już nie powrócili.

Kuki patrzał za nimi kompletnie osłupiały. Filip i Tośka podbiegli do brata.

– Kuki... Jak ty to zrobiłeś? – zawołała Tośka.

– Nie wiem... Może... Może jestem czarodziejem? Mam władzę absolutną!

– To wyczaruj trzy pizze... – powiedział drwiąco Filip.

– Chcę trzy pizze wszystko mające! – zawołał Kuki.

Rozległ się klakson z melodyjką. Zza zakrętu wyjechał skuter z ubranym w czerwony kombinezon roznosicielem pizzy. Zahamował tuż przed dziećmi. Zanim zdążyły coś powiedzieć, rzucił każdemu karton z napisem: „Pizza Rivoli".

RIVOLI

Tośka zawołała:

– Proszę pana, on się wygłupiał, my nie mamy forsy!

Roznosiciel pizzy uśmiechnął się szeroko. Zawrócił skuter i odjechał, grając klaksonową melodyjkę.

Filip spojrzał na siostrę oszołomiony.

– Tośka... Czemu on nam to dał?

– Może to jakaś promocja?

Kuki otworzył karton. W środku była pachnąca pizza. Jego ulubiona pepperoni!

– Możemy to zjeść?

– Chyba tak – powiedziała niepewnie Tośka.

Pizze były pyszne. Tosia i Kuki usiedli na ławce i jedli, odrywając palcami gorące ciasto. Filip, który zawsze najszybciej zjadał obiad, usiadł okrakiem na czerwonym krześle i rzucał ostatnie kawałki gołębiom.

– Co byście zrobili, gdybyście naprawdę mogli czarować? – spytał.

– Ja wyczarowałbym największy statek. Taki do sklejania – odpowiedział Kuki.

Tosia zastanowiła się.

– Ja bym chciała podróżować do różnych krajów. Wyczarowałabym daleką podróż.

– Jesteście wrednymi egoistami. Myślicie tylko o sobie – powiedział Filip, rozsiadając się wygodnie na czerwonym krześle.

– Ja rozkazałbym tak: „Niech rodzice dostaną superpracę i zarabiają dużo forsy!".

TRZASK. Niebo nad ulicą rozświetliła błyskawica. Rozległ się grzmot. Gołębie siedzące na chodniku zerwały się przestraszone.

Zanim dzieci zdążyły coś powiedzieć, na rynek wjechał czarny mercedes. Pędził jak szalony, przechodnie uskakiwali na boki. Samochód zatrzymał się z piskiem opon obok sceny.

– Ciotka Maryla! – szepnął Kuki.

Z samochodu wyskoczyła ciotka. Nawet nie spojrzała na dzieci. Podeszła prosto do sceny. Mama usiłowała ukryć twarz w kostiumie, ale ciotka zawołała:

– Nie chowaj się, siostrzyczko. Dobrze wiem, że tam jesteś! Powiedziałam, że już nigdy ci nie pomogę. Ale nie mogę patrzeć, jak robisz takie głupie rzeczy!

Obróciła się do Filipa.

– Ustąp mi miejsca!

Filip zerwał się, a ciotka usiadła na czerwonym krześle. Otworzyła torebkę i wyciągnęła folder ze zdjęciem statku i złotym napisem Queen Victoria. Zaczęła nim wymachiwać.

– Ostatni raz wam proponuję, żebyście wzięli pracę na tym statku! Lepszej nigdy nie dostaniecie. A ja zajmę się dziećmi.

– Maryla, teraz nie mogę rozmawiać – szepnęła mama. – Jak chcesz, to...

– Wiesz, czego ja chcę? – Ciotka wyprostowała się na czerwonym krześle. – Chcę, żebyście się wreszcie zmienili! Żebyście wzięli pracę, którą wam proponuję, i przestali biedować! Tego chcę.

I wtedy stało się coś strasznego. Niebo przecięła błyskawica i wszystko zniknęło w oślepiającym blasku. Huk grzmotu przetoczył się nad rynkiem i zerwała się wichura.

Wystraszony Kuki chwycił tatę za rękę, ale ojciec odepchnął go. Chłopiec spojrzał na niego zdumiony.

Z rodzicami działo się coś niezwykłego. Oddychali głęboko, jakby zmęczeni długim biegiem. Zerwali z siebie żółte kostiumy i rzucili je na ulicę. Mama zeszła ze sceny i stanęła przed ciotką.

– Zgadzamy się – powiedziała. Jej głos brzmiał dziwnie obco. – Weźmiemy tę pracę.

– Oczywiście! – zawołał tato. – To wspaniały pomysł: grać w orkiestrze na statku!

Rodzeństwo patrzyło zdumione na rodziców. Nie mogli uwierzyć w to, co słyszą.

– Musimy wreszcie zarobić porządne pieniądze! – krzyknęła mama.

– A przy okazji możemy świat zwiedzać za darmo! – dodał tato. – A dzieci przez rok mogą mieszkać u ciebie.

– Oczywiście, że mogą u ciebie zostać – powiedziała mama.

– Mamo! – krzyknęła przerażona Tośka.

– To jasne, że będą mieszkać u cioci – roześmiał się tato. – Nie będziemy się nimi stale zajmować!

– Nauczą się dyscypliny!

Ciotka patrzała na rodziców równie zdumiona jak dzieci.

– No... Nie spodziewałam się takiej rozsądnej decyzji – powiedziała. – Ale musicie się pospieszyć z załatwieniem dokumentów, bo statek odpływa w niedzielę...

– Tak! – krzyknął tato. – Musimy się spieszyć!

Tato i mama obrócili się i popędzili jak szaleni w stronę parkingu. Przerażone dzieci pobiegły za rodzicami. Ciotka wsiadła do samochodu i ruszyła za nimi.

Na ulicy zostało czerwone krzesło.

Z drugiej strony nadbiegł Max. Krzyczał:

– Ej, co jest? Znudziło się wam? Nie zapłacę wam ani grosza!

Pochylił się nad czerwonym krzesłem. Podniósł je. W tej samej chwili niebo rozdarła kolejna błyskawica i zaczął padać deszcz.

Była już noc. Burza jeszcze się wzmogła. Ściana deszczu przesłaniała dom na ulicy Weneckiej, a niebo przecinały błyskawice. Woda w rzece wezbrała i groźnie huczała pod mostem.

Tosia, Filip i Kuki siedzieli w ciemnym pokoju, skuleni obok siebie na łóżku. Kuki tulił się do siostry. Nie mogli zrozumieć, co się dzieje. Tato i mama zachowywali się, jakby zmienili się w innych ludzi. Nie chcieli wcale z nimi rozmawiać. Kiedy Kuki powiedział, że nie pojedzie do ciotki, ojciec kazał mu się wynosić z pokoju. A mama krzyczała, że ma go dosyć, jego i wszystkich dzieci. Ta sama mama, która zawsze się uśmiechała i nazywała go ukochanym króliczkiem. Wtedy dzieci schroniły się w swoim pokoju. Nie wiedziały, co zrobić. Ich rodzice nigdy tacy nie byli. Jeśli się kłócili, to najwyżej kilka chwil, potem znów wszystko było dobrze. To byli najfajniejsi rodzice świata. A teraz wszystko się zmieniło. Tylko czemu?

Filip wstał z łóżka.

– Sprawdzę, co robią.

Ruszył do przedpokoju. Kuki i Tosia poszli za nim. Szli cicho, na palcach, jakby bali się zbudzić straszną bestię. Filip ostrożnie zajrzał do salonu. Rodzeństwo kryło się za nim.

– Co robią?

– Pakują się…

– Oni nigdzie nie wyjadą. Nie wierzę! – szepnęła Tosia. – Nie zostawią nas!

Tato usłyszał ich. Spojrzał niechętnie na dzieci. Filip zdecydowanie ruszył w jego stronę.

– Tato…

– Nie mam teraz czasu. Widzisz, że się pakujemy.

– Tato! Przysiągłeś, że nigdzie nie wyjedziesz!…

– Przestań histeryzować. Zarobimy porządne pieniądze i świat zwiedzimy za darmo. Nie odbierzecie nam takiej szansy. Zejdź mi z drogi!

Tato ze złością odsunął syna i wybiegł z pokoju.

Mama wyjmowała sukienki z szafy i w pośpiechu układała je w walizce. Spojrzała na dzieci, ale zaraz odwróciła głowę. Tosia powiedziała błagalnie:

– Mamo... Ty nie możesz nas zostawić!

Mama ze złością zatrzasnęła szafę i zawołała:

– U cioci będzie wam dobrze.

– Nieprawda! Nie będzie nam dobrze!

Kuki chwycił mamę za rękę.

– Mówiłaś, że nie wytrzymasz bez nas nawet przez dzień... To czemu teraz chcesz wyjechać? Czy my zrobiliśmy coś złego?

Mama spojrzała niepewnie na chłopca. Przez chwilę dzieciom się wydawało, że znów jest ich dawną dobrą mamą. Ale trwało to krótko. Mama odsunęła się od nich i powiedziała ze złością:

– Spakujcie swoje rzeczy. Jutro ciocia was zabierze. Słyszycie, co do was mówię!?

Queen Victoria była jednym z największych statków pasażerskich świata. Wyrastała z wody jak olbrzymi biały zamek. Miała kilkanaście pięter, na których były baseny, restauracje, sklepy i kina. W burtach były okna tysięcy kajut, a statek wieńczył potężny maszt, na którym łopotała flaga ze złotą koroną.

W gdańskim porcie tłoczyło się mnóstwo gapiów. Każdy chciał zobaczyć ten niezwykły statek i szczęściarzy, którzy popłyną w cudowną podróż do ciepłych krain.

Na pokład prowadził ozdobny pomost. Stał na nim oficer w złotej czapce, który sprawdzał karty wstępu i witał każdego pasażera. Mama i tato nieśli wielkie walizy. Szczęśliwi i roześmiani patrzyli z zachwytem na statek, nie zwracając uwagi na zrozpaczone dzieci, które szły za nimi.

Tosia i Kuki mieli podkrążone oczy, bo ostatniej nocy więcej płakali, niż spali. Tylko Filip starał się trzymać i dodawać otuchy rodzeństwu. Za nimi szła ciotka Maryla.

Rodzice pokazali złote karty wstępu. Oficer ukłonił się i wskazał im drogę na pokład. Mama i tato weszli na statek, nawet nie spojrzawszy na dzieci. Oficer zatrzymał rodzeństwo.

– Przepraszam, czy oni z państwem płyną?

Ojciec powiedział obojętnie:

– Nie. Oni zostają.

Wtedy Kuki rzucił się naprzód, przemknął pod ramieniem oficera i popędził za rodzicami na pokład. Filip i Tosia pobiegli za nim. Dogonili rodziców.

– Mamo!

Rodzice obrócili się niechętnie. Tosia zapytała, przełykając łzy:

– Nie pożegnacie się z nami!?

– Bądźcie posłuszni – powiedział tato.

– Nie róbcie kłopotów... – dodała mama. I odeszli.

Do dzieci podbiegła ciotka.

– Chodźcie już! Najlepsze są krótkie pożegnania. Pomachajcie ostatni raz i jedziemy.

Chwyciła Kukiego za rękę i pociągnęła do wyjścia. Reszta rodzeństwa poszła za nią ze zwieszonymi głowami.

Queen Victoria płynęła już daleko od brzegu. Jeszcze chwila i nie będzie jej widać. Dzieci klęczały na tylnym siedzeniu mercedesa i patrzyły na statek.

Zaczął padać deszcz, ściekając strugami po szybie, i Kuki nie wiedział, czy to deszcz zamazuje obraz, czy jego łzy. Ciotka bez słowa uruchomiła silnik i samochód ruszył. Deszcz wciąż padał, piszczały wycieraczki, a ciotka nie włączyła radia. Jechali w kompletnym milczeniu.

Był już zmrok, kiedy przyjechali do domu ciotki. Rodzeństwo nigdy tu nie było. Był to wielki dom, bardzo nowoczesny, ale dziwnie niemiły. Wszystko wydawało się w nim smutne i za duże. Dom otaczał wysoki płot, na którym były zamontowane kamery. W ogrodzie drzewa przycięto w równe kanciaste kształty. Nie było kwiatów.

Kiedy samochód podjechał, wielka stalowa brama zaczęła się odsuwać. Auto wtoczyło się na kamienny podjazd, a brama zamknęła się zaraz z hukiem.

Drzwi domu otworzyły się same, kiedy ciotka dotknęła klamki, i rodzeństwo weszło za nią do wnętrza. Ciotka klasnęła i natychmiast zapaliło się światło.

Były to niebieskie lampy, które oświetlały przestrzeń wielkiego holu. Podłoga była wyłożona zimnymi kamiennymi płytami, a ściany były ze szkła i metalu. Wszystko było tylko w dwóch kolorach – bieli i czerni. Dzieci patrzyły na to oszołomione.

– Jeżeli mamy żyć w zgodzie, to musicie przestrzegać regulaminu – powiedziała ciotka. Odezwała się do nich pierwszy raz, od kiedy pożegnali rodziców.

– Po pierwsze porządek – mówiła surowo ciotka. – Każda rzecz ma tu swoje miejsce i chcę, żeby właśnie tam się znajdowała. Po drugie oszczędność. Jeśli chcecie coś dostać, to musicie podać trzy powody, dlaczego ta rzecz jest wam potrzebna. Inaczej jej nie dostaniecie. Po trzecie cisza. Chcę, żeby w moim domu nie było krzyków ani hałasu.

W czasie tej przemowy ciotka prowadziła dzieci przez wielki hol. Na końcu były szerokie schody. Stała tu kobieta, która czyściła poręcz czarną szmatką. Kiedy się obróciła, zobaczyli, że jest bardzo młoda, miała najwyżej dwadzieścia lat i rude włosy.

– To jest Marcelina – powiedziała ciotka. – Gotuje tu i utrzymuje porządek. Powiedzcie jej dzień dobry.

Dzieci mruknęły:

– Dzień dobry.

Ruda w odpowiedzi wykonała jakieś skomplikowane ruchy rękoma.

– Ona nie umie mówić? – spytała zdziwiona Tosia.

– Dzięki Bogu, nie – mruknęła ciotka. – W moim domu zatrudniam wyłącznie głuchoniemych.

Przynajmniej mam pewność, że nie będą podsłuchiwać ani robić hałasu. – Obróciła się do oszołomionych tym wszystkim dzieci. – Wasz pokój jest na piętrze, na końcu korytarza. Zanieście rzeczy, a potem zejdźcie na kolację.

– Nie jesteśmy głodni – powiedział ze złością Filip.

– Jak chcecie.

Pokój dzieci był wielki, jak wszystko w tym domu. Ściany niknęły w mroku. Stały tu trzy łóżka, metalowa szafa, a na podłodze leżał gruby czarny dywan. Kiedy po nim szli, nogi zapadały im się w miękką powierzchnię i Tosi się zdawało, że idą w gęstym kurzu. Ale tu nie było kurzu. Wszystko było idealnie czyste i w jednym z dwóch kolorów: czarnym albo białym. Tylko lampy były niebieskie, sącząc ponure światło, jak w strasznych horrorach. Plecaki leżały nierozpakowane. Rodzeństwu zdawało się, że jeśli włożą rzeczy do szafy, to zostaną tu już na zawsze. Tosia wyciągnęła kalendarz i przekreśliła dzisiejszą datę.

– Filip, jeszcze trzysta sześćdziesiąt cztery dni – powiedziała zrozpaczona. – My tu zwariujemy!

– Uciekniemy stąd.

– Dokąd?

– Do rodziców.

– Zgłupiałeś? Przecież oni płyną na statku.

– Co tydzień przypływają do jakiegoś portu.

– I co z tego? – zawołała Tośka. – To rodzice oddali nas do tej wrednej ciotki! Oni nas już nie chcą, rozumiesz?

Wtedy wstał Kuki i powiedział:

– To nie byli nasi prawdziwi rodzice.

Tosia spojrzała na brata zdumiona, a chłopiec zdecydowanie powtórzył:

– To nie byli prawdziwi rodzice. Nasi *prawdziwi* rodzice nigdy by nas nie zostawili.

– Tak? To dlaczego nas oddali do ciotki?

– Bo zmienił ich czar.

Tośka chciała powiedzieć, żeby przestał bredzić, ale Filip ją uprzedził.

– Kuki ma rację.

– Odbiło wam?

– Nie... Musimy to omówić, ale nie tutaj. Tu mogą być jakieś kamery albo podsłuch. Wychodzimy oknem... Szybko!

Wyskoczyli na dach garażu i stamtąd do ogrodu. Zrobili naradę w jego najdalszej części, za kolczastymi krzakami ostrokrzewu.

Zaczął Filip.

– Posłuchajcie. Ja długo myślałem, czemu to się stało. I też jestem pewny, że to magia.

– Obaj zwariowaliście. Rodzice po prostu chcieli wyjechać i zarobić pieniądze, i to jest cała magia.

– Nieprawda! – zawołał Kuki. – Jestem pewien, że to czar. On zmusza rodziców, żeby robili złe rzeczy.

– Nie ma żadnych czarów! – zawołała Tosia.

– Takich jak w filmach nie ma – powiedział Filip. – Tych wszystkich różdżek, latających mioteł i innych takich. To musi być jakaś nieznana wielka siła.

– A czemu ta siła przyczepiła się akurat do nas?

– Nie wiem. Mogliśmy niechcący wypowiedzieć zaklęcie. Albo dotknąć jakiegoś przedmiotu. Musimy odkryć, co to jest, bo inaczej rodzice nigdy do nas nie wrócą. I zostaniemy tu na zawsze.

Kuki zerwał się z trawy.

– A może to ciotka jest czarownicą? Porwała nas, a teraz udusi i pożre.

– Przeginacie – mruknęła Tosia. – Ciotka jest wredna, ale nie jest dzieciojadem.

– Skąd wiesz?

W tej chwili rozległ się szelest. Ciche kroki. Zza krzewów wyszła głuchoniema Marcelina. Trzymała w ręku nóż i jabłko. Spojrzała na dzieci i zaczęła machać rękami. Kuki spojrzał niespokojnie na nóż i schował się za Filipa.

– Czego ona chce?

– Chyba mamy iść do domu.

Wstali i ruszyli do budynku. Ruda szła za nimi, przyglądając im się uważnie. Nóż błyszczał w księżycowym świetle.

Na tarasie stała ciotka. Ledwo ją poznali, bo twarz miała wysmarowaną jakąś niebieską maścią.

– Na pewno nie jesteście głodni? – spytała.

– Nie.

– To idźcie już spać.

Kiedy weszli do pokoju, Kuki szepnął:

– Widzieliście, co ciotka miała na twarzy?

– To była kremowa maseczka – powiedziała Tośka. – Kobiety się tym smarują, żeby nie mieć zmarszczek.

– No właśnie. Robi krem z dzieci, żeby wyglądać młodo. Jestem pewny!

Spojrzeli na siebie. I na wszelki wypadek zabarykadowali drzwi stołem.

Do rana nikt ich nie udusił ani nie pożarł. Słońce zajrzało do pokoju i Tosia, która obudziła się pierwsza, pomyślała, że pokój wygląda teraz dużo sympatyczniej. Po kąpieli pod dziwnym prysznicem, w którym woda leciała ze wszystkich stron, zeszli na śniadanie.

Ciotki nie było. Marcelina przywitała ich paroma gestami języka migowego. Usiedli za stołem, który był zrobiony z czarnego kamienia. Ruda podała im grzanki, ser i parówki. Kuki patrzył na kiełbaski podejrzliwe, jakby czekał, aż zaczną wrzeszczeć głosem zaczarowanych dzieci. Odsunął talerz.

– Nie chcę parówek. Chcę płatki...

– Poproś ją – szepnęła Tośka.

– Jak? Przecież ona nie słyszy.

Spojrzeli na Marcelinę, która przyglądała im się niepewnie. Nagle ruda podeszła do Kukiego.

– Jakie chcesz płatki? – spytała.

Dzieci spojrzały na nią zdumione.

– Ty umiesz mówić!? – krzyknęła Tośka.

Ruda uśmiechnęła się.

– Pewnie...

– To czemu udajesz?

– Bo wasza ciotka bierze do pracy tylko takich, co nie gadają, więc udaję niemowę. – Pochyliła się do dzieci. – Nie zdradzicie mnie?

Tośka i pozostali szybko odpowiedzieli:

– Nie!

Marcelina jakoś od razu wzbudziła ich zaufanie.

– To chodźcie.

Podbiegła do wielkiej lodówki. Na drzwiach był zamek szyfrowy, jak w szafie pancernej. Marcelina szybko nacisnęła kilka guzików i drzwi się otworzyły.

2 3 4 5
6 7 8 9 0

Filip patrzył na to zdziwiony.

– Czemu ta lodówka ma zamek?

– Bo wasza ciotka jest skąpa. Pilnuje, żebym nie marnowała jedzenia. Wydziela mi wszystko, sama nie mogę nic brać. Ale ja odkryłam kod. Tylko trzeba uważać, żeby się nie dowiedziała...

– Czemu ona robi takie głupie rzeczy? Przecież jest bogata.

– Nie wiem. Kiedyś powiedziała, że śni jej się, że wszystko straci i znów będzie biedna. Ma obsesję.

Marcelina wyciągnęła z lodówki kilka kartoników.

– Tu są różne płatki... A tu macie jogurty.

Kuki podszedł bliżej do Marceliny i spytał szeptem:

– Powiedz...

– Co?

– Czy ciocia jest czarownicą i dusi dzieci?

Marcelina się roześmiała.

– Raczej nie. Ona nie ma swoich dzieci, ale chyba chciałaby mieć.

– Żeby przerobić je na krem?

– Nie, żeby nie być sama... Uwaga!

Na schodach usłyszeli stukanie obcasów. Marcelina zatrzasnęła lodówkę, a dzieci uciekły z powrotem do stołu. Jogurty schowały pod blatem.

Weszła ciotka. Niosła w ręku butelkę szamponu z napisem „Dior". Spojrzała groźnie na rodzeństwo i spytała:

– Które z was myło głowę?

Tośka powiedziała spokojnie:

– Ja.

– Zużyłaś cztery porcje! To jest drogi szampon. Wystarczy na rok, jeśli się go używa oszczędnie, a nie leje jak wodę!

Ciotka chwyciła telefon Tosi, który leżał na stole. Wyłączyła go i wrzuciła do swojej torebki. Tośka zawołała oburzona:

– To jest m ó j telefon!

– Ale teraz ja za niego płacę – odpowiedziała ciotka. – Będziesz go dostawać, kiedy będzie ci potrzebny.

– Ja chcę zadzwonić do mamy!

– Zadzwonisz jutro. W sobotę są tańsze rozmowy.

Tośka zerwała się. Była wściekła.

– To jest m ó j telefon! I chcę t e r a z zadzwonić do m o j e j mamy! Niech ciocia odda mój telefon!

Ciotka podeszła powoli do Tosi.

– Posłuchaj. W moim domu się nie krzyczy.

Miała taką minę, że większość dzieci uciekłaby pod stół. Ale Tosia nie była strachliwą dziewczyną. Patrzyła prosto w oczy ciotce, która poczuła, że trafiła na silną przeciwniczkę. Kobieta powtórzyła przez zaciśnięte zęby:

– Nigdy więcej tu nie krzycz, rozumiesz, smarkulo? Nigdy!

I wtedy Tośka zaczęła wrzeszczeć na całe gardło. Krzyczała, żeby nie dać się pokonać. I dlatego że miała już wszystkiego dosyć. Tego, że rodzice odeszli i że nie mieszka w swoim domu. I że to wszystko jest niesprawiedliwe. Tośka krzyczała i nic nie mogło jej powstrzymać.

Ciotka podniosła rękę i Kuki się wystraszył, że chce siostrę uderzyć.

Ale ona spojrzała tylko na zegarek. A Tośka nie przestawała krzyczeć, choć powoli brakowało jej tchu. W końcu umilkła i zmęczona, ciężko dysząc, patrzyła wyzywająco na ciotkę.

Ta powiedziała spokojnie:

– Brawo! Wrzeszczałaś przez minutę. Jesteś lepsza od swojej matki. Ona umiała się wydzierać najdłużej przez dwadzieścia sekund.

Chwyciła torebkę i ruszyła do drzwi.

– Chciałam was zabrać do Rivoli na pizzę, ale nie zasługujecie na takie przyjemności. Będziecie tu siedzieć do wieczora! Wyszła, zatrzaskując za sobą drzwi.

Marcelina podbiegła do Tosi i uściskała ją.

– Jesteś super! Jeszcze nikt jej się tak nie postawił. Nie martwcie się, ja wam zrobię pizzę. – Obróciła się do braci: – Jaką pizzę lubicie? Ej! Co się stało?

Kuki patrzył na Marcelinę bez słowa. Nagle zerwał się z krzesła i zawołał.

– Już wiem! Wiem!

– Co!?

– Wiem!!! – Podbiegł do rodzeństwa. – Pamiętacie!? Ja wtedy powiedziałem, że chcę pizzę, i zaraz ją dostaliśmy! Tam, na jarmarku!

– To była promocja – powiedziała niepewnie Tosia.

– To była magia!!!

– To znaczy, że ty czarujesz?

– Nie ja. KRZESŁO!!!

Tośka i Filip pędzili na rowerach tak szybko jak nigdy dotąd w życiu. Musieli znaleźć czerwone krzesło! Kukiemu kazali zostać w domu, bo był za mały na taką wyprawę. Strasznie go to rozzłościło, ale kiedy Filip powiedział, że od szybkości zależy, czy odzyskają rodziców, to zgodził się zostać. Przysięgli, że na pewno po niego wrócą.

Ciotka mieszkała daleko od miasta, na szczęście droga prowadziła w dół.

Przejechali dziesięć kilometrów, prawie nie odpoczywając. Wreszcie wpadli na rynek i zatrzymali się przed sceną, ciężko dysząc ze zmęczenia.

Czerwonego krzesła nigdzie nie było.

– Wiedziałam, że go nie będzie! – zawołała zrozpaczona Tośka. – Ktoś je zabrał i nigdy go nie znajdziemy!

Obok sceny stała śmieciarka. Pracownicy wrzucali czarne worki do pojemnika. Filip podjechał do nich.

– Przepraszam, widzieliście krzesło? Takie czerwone.

– Po co ci krzesło?

– Muszę je znaleźć.

– Jest w śmieciarce. Możesz je wyjąć, jak się nie brzydzisz.

Filip spojrzał na wypełniony cuchnącą zawartością wielki kontener. Chwycił klapę i otworzył ją z trudem. Wyleciało kłębowisko much i buchnął straszliwy smród. Między workami śmieci biegał szczur. Chłopca przeszły ciarki na myśl, że ma tam wejść. Słyszał, jak robotnicy się śmieją. Już miał wskoczyć do pojemnika, kiedy ktoś chwycił go za kołnierz. Najstarszy z robotników odciągnął go.

– Nie świruj, mały, oni żartowali. Tam niczego nie ma. Żadnych krzeseł. Uciekaj, bo jakąś chorobę złapiesz.

Filip wrócił do siostry.

– Co robimy? – spytała Tosia.

– Musimy dokładnie wszystko przeszukać. Ktoś musiał zabrać to krzesło. Trzeba pytać dzieciaków. Mogły je wziąć do zabawy i gdzieś rzucić.

– Albo spalić!

– Rozdzielimy się. Przeszukaj tamte ulice, ja sprawdzę rynek. Spotkamy się za godzinę pod pizzerią Rivoli.

Filip ruszył w stronę ratusza. Festyn jeszcze się nie rozpoczął. Stragany na rynku stały puste. Filip jechał powoli, uważnie się rozglądając, ale czerwonego krzesła nigdzie nie było. Kiedy mijał ratusz, z eleganckiej restauracji Rivoli wyszedł ktoś, stukając obcasami. Ciotka! Chłopak błyskawicznie wjechał między stragany. Ciotka obejrzała się. Filip na wszelki wypadek odłożył rower i schował się do wielkiego namiotu.

Rozejrzał się po swojej kryjówce. Namiot, prawie tak wielki jak cyrkowy, służył za magazyn różnych towarów sprzedawanych na jarmarku. Stały tu też wielkie głośniki i reflektory. Filip już chciał wyjść, kiedy coś usłyszał, cichy szelest...

W głębi namiotu stał rząd metalowych klatek, w których były przechowywane cenniejsze towary. Jedna z nich chwiała się. W środku było coś czerwonego. Filip podbiegł do niej.

Klatka była pełna kartonów ze słodyczami. Ale spod nich wystawała czerwona drewniana noga. Przedmiot poruszył się. Kartony się posypały, odsłaniając czerwone krzesło!

– Jest! – krzyknął Filip.

Drzwi klatki były zamknięte na kłódkę. Na szczęście metalowa siatka była zardzewiała i popękana. Filip zaczął ją szarpać z całej siły i siatka oderwała się w kilku miejscach. Nagle poczuł, jak ktoś chwyta go za ramiona i unosi do góry. Obrócił się gwałtownie. Trzymał go Max Rozmus, szef jarmarku.

– Ty mały gnojku – krzyknął. – Chciałeś coś ukraść?

– Ja chciałem zabrać nasze krzesło.

– Jakie krzesło? – warknął mężczyzna.

– To czerwone. Ono jest nasze...

Max spojrzał na krzesło w klatce. Postawił chłopca na ziemi, ale wciąż trzymał go za kołnierz.

– Proszę pana... Mogę je zabrać? – spytał Filip.

– Jak ci się podoba, to możesz je kupić. A teraz zjeżdżaj, bo oberwiesz.

– Dobrze, proszę pana. Ja je kupię – krzyknął Filip.

– A masz kasę? – roześmiał się Max.

– Mam! Ja naprawdę zapłacę, ale najpierw muszę je wypróbować.

– Chcesz je wypróbować?

– Tak.

Max parsknął śmiechem. Dzieciak zaczynał go bawić. Wyjął pęk kluczy i otworzył klatkę.

– No to jazda. Ale jak nie masz forsy, to dostaniesz lanie.

Filip chwycił krzesło. Wysunął je powoli z klatki. „Jeżeli Kuki się myli i to jest zwykłe krzesło, to chyba oberwę", pomyślał. Usiadł na krześle tak ostrożnie, jakby siadał na bombie atomowej.

Kierownik spytał, udając powagę.

– No i co, królu? Wygodny tron? Kupujesz go?

– Tak.

– Ale on drogo kosztuje... Pięć stów.

Filip skoncentrował się i powiedział głośno i wyraźnie:

– Chcę mieć pięć stów.

– Ja też... – mruknął Max. – Bo jak nie, to się zde...

Przerwał, bo podłoga w namiocie zadrżała. Metalowe klatki zaczęły się trząść, a potem zachwiał się cały namiot.

– Co to jest, do diabła?

Max rozglądał się niespokojnie. Lampy zawieszone na łańcuchach kołysały się jak wisielcy, a skrzynie zaczęły się przewracać.

– Co się dzieje?

W tej chwili wielka beczka stojąca pośrodku namiotu zaczęła unosić się w górę. Max wpatrywał się z przerażeniem w lewitujący przedmiot. Beczka zawisła na wysokości kilku metrów, a potem poszybowała w jego stronę. Zatrzymała się dokładnie nad głową Maksa i przechyliła. Posypała się z niej lawina monet.

– Aaaa! – wrzasnął mężczyzna, któremu monety spadały prosto na głowę, łomocząc o łysą czaszkę.

1 GROSZ

Przewrócił się, zasłaniając głowę dłońmi. Stos pieniędzy niemal go przysypał. Po chwili beczka spadła z hukiem na ziemię, na szczęście kilka metrów od niego.

Filip wstał z krzesła.

– Ma pan swoje pieniądze.

Mężczyzna oprzytomniał. Rozgarnął dłońmi stos monet.

– Jak to zrobiłeś?

Filip roześmiał się.

– Normalnie. Chciałem mieć pieniądze i je dostałem! To krzesło może zrobić wszystko. Wszystko!

Filip wziął czerwone krzesło i ruszył do wyjścia. Max zerwał się i popędził za nim.

– Czekaj...!

Dogonił Filipa i chwycił krzesło.

– Oddaj mi je.

– Pan mi je sprzedał! – zawołał oburzony Filip.

– Myślisz, że jestem durniem? Takiej rzeczy się nie sprzedaje.

– Ja zapłaciłem!

– Zjeżdżaj stąd! – Max odepchnął Filipa. Przez chwilę wyrywali sobie krzesło. W końcu mężczyzna złapał chłopca za kaptur i jednym szarpnięciem poderwał go do góry. Filip wypuścił krzesło, a Max powlókł go do wyjścia. Chłopak wyrywał się, tłukł pięściami i próbował ugryźć Maksa, ale nie mógł nic zdziałać. Max odsłonił płachtę w wejściu i wyrzucił chłopca z namiotu. Filip upadł na chodnik.

– Zjeżdżaj, bo naprawdę oberwiesz! – Max obrócił się i zniknął w namiocie.

Filip zerwał się. W pierwszym odruchu chciał wrócić i walczyć. Ale uznał, że to nic nie da. Musi sprowadzić kogoś na pomoc. Na przykład ciotkę. Może ciotka jest wredna, ale wiadomo już, że nie jest czarownicą. Musi im pomóc.

Zobaczył, że pod ratuszem czeka na niego Tośka. Wskoczył na rower i ruszył w jej stronę.

Max Rozmus klęczał obok krzesła, wpatrując się w stos monet. Nie był facetem, który wierzy w bajki. Ale te pieniądze faktycznie tu były...

– Naprawdę wszystko możesz zrobić...? – szepnął. – Wszystko, to znaczy wszystkie pieniądze świata. Możesz to zrobić? Sprawdzimy...

Chciał usiąść. Ale krzesło nagle odskoczyło i Max upadł na podłogę.

– Do diabła...

Poderwał się. Znowu spróbował usiąść, ale krzesło znów się odsunęło i Max potoczył się po betonowej posadzce.

– Ty draniu! Chcesz się ze mną bawić? To zobaczymy!

Skoczył w stronę krzesła. Ale to poderwało się nagle w górę i zawisło na wysokości kilku metrów. Max skakał, próbując je schwytać, jak dziecko, które łapie uciekający balonik. Wreszcie pobiegł po drabinę. Ale wtedy krzesło wystrzeliło w górę jak szalona winda. TRZASK! Przebiło brezentowy dach namiotu, wyrywając w nim olbrzymią dziurę, i odleciało. W tej samej chwili wielki namiot zakołysał się i przewrócił z hukiem.

Max wypełzł spod zwałów brezentu. Nie zwracał uwagi na gapiów, którzy nadbiegli, żeby zobaczyć przewrócony namiot. Mężczyzna wpatrywał się w niebo, gdzie widać było czerwoną plamkę lecącego krzesła, i szeptał:

– Znajdę cię... Choćbym miał cię szukać przez całe życie. Przysięgam, że będę cię miał!

– Gdzie są Tosia i Filip!? – Ciotka patrzyła groźnie na Kukiego. – Gdzie oni są? – Wróciła przed chwilą do domu i nie zdjęła nawet płaszcza, tylko od razu zaczęła się wściekać. – Nie rozumiesz, co do ciebie mówię!?

Kuki uśmiechnął się najbardziej niewinnym ze swoich uśmiechów i powiedział:

– Schowali się.

– Co takiego?

– Bawimy się w chowanego. Oni się schowali, a ja ich szukam.

Ciotka zaczęła sapać ze złości.

– Każ im tu przyjść! Natychmiast!

Kuki odparł z uśmiechem:

– Dobrze, kochana ciociu. Ale najpierw muszę ich znaleźć. Oni potrafią się świetnie chować! Czasem nie można ich znaleźć przez cały dzień!

Kuki odwrócił się i zawołał:

– Filip, szukam!

I pobiegł na piętro. Ciotka ze złością ściągnęła płaszcz i rzuciła go na fotel.

Tośka i Filip jechali szosą prowadzącą do domu ciotki. Droga powrotna była trudna, wspinała się wciąż pod górę, więc jechali powoli. Nagle na asfalt padł jakiś cień, który zaczął się szybko przesuwać. Filip podniósł głowę i krzyknął:

– Tośka! Patrz!

Dokładnie ponad nimi frunęło czerwone krzesło. Wyprzedziło ich i wylądowało na szosie, tuż przed rodzeństwem. Stanęło bez ruchu i czekało.

Ciotka wyglądała nerwowo przez okno. Marcelina i Kuki stali przy drugim oknie. Była godzina piąta, a Filipa i Tosi wciąż nie było w domu. Ciotka podbiegła do Marceliny.

– To twoja wina – krzyknęła. – Miałaś ich pilnować! Boję się, że coś im się stało... Martwię się o nich, rozumiesz?... Oczywiście, ty nic nie rozumiesz... Nawet nie słyszysz, co do ciebie mówię!

Ciotka usiadła na schodach. Była naprawdę zdenerwowana. Kuki się jej przyglądał i zdawało mu się, że przypomina trochę jego mamę, kiedy ta się czymś martwi. Marcelina usiadła obok ciotki. Nagle powiedziała:

– Niech się pani nie martwi. Oni zaraz wrócą.

– Skąd wiesz, że... Zaraz...

Ciotka zerwała się i spojrzała na Marcelinę.

– Ty umiesz mówić!? – Marcelina milczała, patrząc na nią niepewnie. – Cały czas mnie oszukiwałaś? Ty kłamczucho! Wszyscy mnie okłamujecie!

W tej chwili z ogrodu dobiegł jakiś hałas. Ciotka rzuciła się do drzwi.

W ogrodzie stali Tosia i Filip. Rowery leżały na trawie.

– Gdzie byliście?

Filip i Tosia nie odpowiedzieli.

– Chyba o coś pytałam!?

Dzieci milczały.

– Myślicie, że możecie tu robić, co wam się podoba!? – krzyknęła ciotka. – Że ja jestem podobna do waszej nieporadnej matki, której możecie skakać po głowie?

Tośka spojrzała na nią wrogo.

– Ciocia nie jest podobna do mamy. Nasza mama jest ładna. I dobra.

Kuki pomyślał, że Tosia nie powinna tego mówić. Ale było za późno. Ciotka zacisnęła wargi.

– Dobrze – powiedziała cicho. – Od dzisiaj nie macie prawa wychodzić za bramę. I radzę wam nie łamać tego zakazu.

Ciotka poszła do domu. Była zgarbiona, jakby jej przybyło lat. Po drodze krzyknęła do Marceliny:

– A ty chodź ze mną. Nie udawaj, że nie słyszysz!

Marcelina pomachała rodzeństwu i poszła za ciotką, a Kuki podbiegł do Filipa.

– Znaleźliście je?

– Tak... Chodź zobaczyć.

Poszli na sam koniec ogrodu, gdzie świerki tworzyły mały lasek. Filip cicho zawołał.

– Przyjdź do nas.

Gałęzie świerków poruszyły się. Zdumiony Kuki zobaczył, jak wychodzi spod nich czerwone krzesło.

– Ono jest niesamowite... – szepnął Kuki.

– Poczekaj... Zaraz zobaczysz coś lepszego.

Filip rzucił piłkę w stronę krzesła, które kopnęło ją natychmiast z powrotem do niego. Chłopiec odbił. Piłka poleciała wysoko. Krzesło podskoczyło i kopnęło ją przewrotką, jak najlepszy z brazylijskich piłkarzy. Piłka śmignęła ponad drzewami i rozległ się huk rozbitej szyby.

– Ciotka nas zabije – przeraził się Kuki.

– Chyba nie – roześmiała się Tosia.

Usiadła na krześle i powiedziała.

– Chcę, żeby ta szyba była znowu cała.

Odłamki szkła natychmiast uniosły się z trawy i pofrunęły do okna, składając się z powrotem w całą szybę. Kuki patrzył na to zafascynowany.

– Ono może zrobić wszystko! – zawołał Filip. – A wiesz, co to znaczy? Że rodzice zaraz do nas wrócą. Za chwilę ich tutaj ściągniemy, rozumiesz?!

Weszli po drabinie na taras, a potem przez okno do swojego pokoju. Czerwone krzesło postawili na środku dywanu. Kuki stanął na straży przy drzwiach. Filip usiadł na krześle i zaczął mówić uroczystym głosem.

– Chcę, żeby nasi rodzice zaraz...

Kuki mu przerwał.

– Poczekaj!

Podbiegł do brata.

– A jeżeli rodzicom coś się stanie? To krzesło wystrzeli ich jak rakiety. Będą lecieć tysiąc kilometrów i rozwalą się przy lądowaniu!

– On ma rację – powiedziała Tosia. – To może być niebezpieczne. Przecież my w ogóle nie wiemy, jak ta magia działa.

Zamilkli. Rzeczywiście, tak się zafascynowali niezwykłym przedmiotem, że nie pomyśleli o niebezpieczeństwach. Wreszcie Tośka powiedziała:

– Poczekajmy do jutra. Jak ciotka pójdzie do pracy, to zrobimy próby. Musimy dokładnie sprawdzić, jak to działa.

Ktoś szedł korytarzem, więc Filip szybko zakrył krzesło kocem i usiadł na nim.

Usłyszeli pukanie. Do pokoju zajrzała Marcelina, z plecakiem na ramionach i dość ponurą miną.

– Chciałam się pożegnać z wami.

– Wyjeżdżasz?

Marcelina wzruszyła ramionami.

– Wasza ciotka wyrzuciła mnie z pracy. Za to, że udawałam niemowę. Strasznie się wściekła... Nie dała mi nawet wypłaty. A wam się udało znaleźć tę strasznie ważną rzecz?

– Tak.

– To super... Trzymajcie się. I pamiętajcie, że wasza ciotka nie jest taka zła.

Uśmiechnęła się do nich i ruszyła do drzwi. Wtedy Filip zapytał:

– Nic ci nie zapłaciła?

– Nic.

– No to chciałbym, żebyś dostała swoje pieniądze.

Wszystko poszło bardzo szybko. Ciotka, która siedziała przy laptopie, robiąc jakieś obliczenia, nawet nie zauważyła, że stojąca na biurku torebka przewróciła się. Ze środka wysunął się elegancki czarny portfel. Pstryk! Portfel sam się otworzył i z jego wnętrza wypełzło kilka banknotów. Uniosły się i pofrunęły jak papierowe motyle. Zatrzepotały i przyleciały prosto do rąk patrzącej na to ze zdumieniem Marceliny.

– Jak wyście to zrobili?

Filip uśmiechnął się tajemniczo.

– Mamy swoje sposoby... Ale nikomu o tym nie mów.

Wieczorem długo nie mogli zasnąć. Najpierw kłócili się, jak najlepiej przetestować magiczny przedmiot. A gdy już położyli się do łóżek, poczuli dziwny lęk. Kiedy w kinie oglądali latające miotły i gadające lwy, nie pytali, czy to możliwe. To był po prostu film. Ale kiedy n a p r a w d ę stanęli przed czymś niepojętym, ogarnął ich niepokój. Tuż obok nich istniała jakaś niezwykła siła, której działania nie potrafili zrozumieć. Należała do nich i mogli robić rzeczy, jakich nie mógł zrobić nikt inny, a mimo to czuli niepokój. Wiedzieli, że muszą być b a r d z o ostrożni. Że nie mogą zrobić nic głupiego ani dziecinnego. Od chwili gdy znaleźli czerwone krzesło, każde z nich stało się jakby trochę doroślejsze.

Kiedy w końcu zasnęli, to mieli niespokojne sny. Kuki coś mruczał, przewracając się na łóżku z boku na bok. W końcu kołdra zsunęła się na podłogę i zmarznięty chłopiec się obudził. Rozejrzał się trochę nieprzytomnie. Zbliżała się północ, a pogoda była tak samo niespokojna jak jego sny. Wiał silny wiatr. Drzewa za oknem chwiały się, tarcza księżyca pojawiała się i znikała, przesłaniana chmurami. Krzesło odbijało srebrzyste światło... Kuki wstał. Podszedł do krzesła i lekko je pogłaskał. Nie miał żadnego planu. Po prostu lubił ten przedmiot. Rodzeństwo myślało o czerwonym krześle jako o źródle niesamowitych możliwości, a Kuki po prostu je polubił. Tak jak lubi się własne zwierzątko. Może dlatego, że to on pierwszy je znalazł? Był tylko niespokojny, czy „to coś" nadal działa. Nie chciał czekać z próbą do rana. Ostrożnie usiadł.

– Proszę... o trochę mleka – wyszeptał.

Kiedy był mały i budził się w nocy, rodzice przynosili mu ciepłe mleko i to go uspokajało. Kuki był pewny, że przyleci do niego szklanka mleka, ale nic nie przyfrunęło. Zamiast tego usłyszał za drzwiami jakiś dziwny dźwięk. Szelesty i dzwonienie... Zerwał się z krzesła, otworzył po cichu drzwi i zbiegł po schodach.

I wtedy ją zobaczył. Na samym środku salonu w plamie księżycowego światła stała krowa. Była duża i biała jak śnieg, bez jednej łaty. Stała na perskim dywanie, patrząc na niego wielkimi smutnymi oczami. Miała na szyi dzwonek, który dźwięczał przy każdym ruchu głowy.

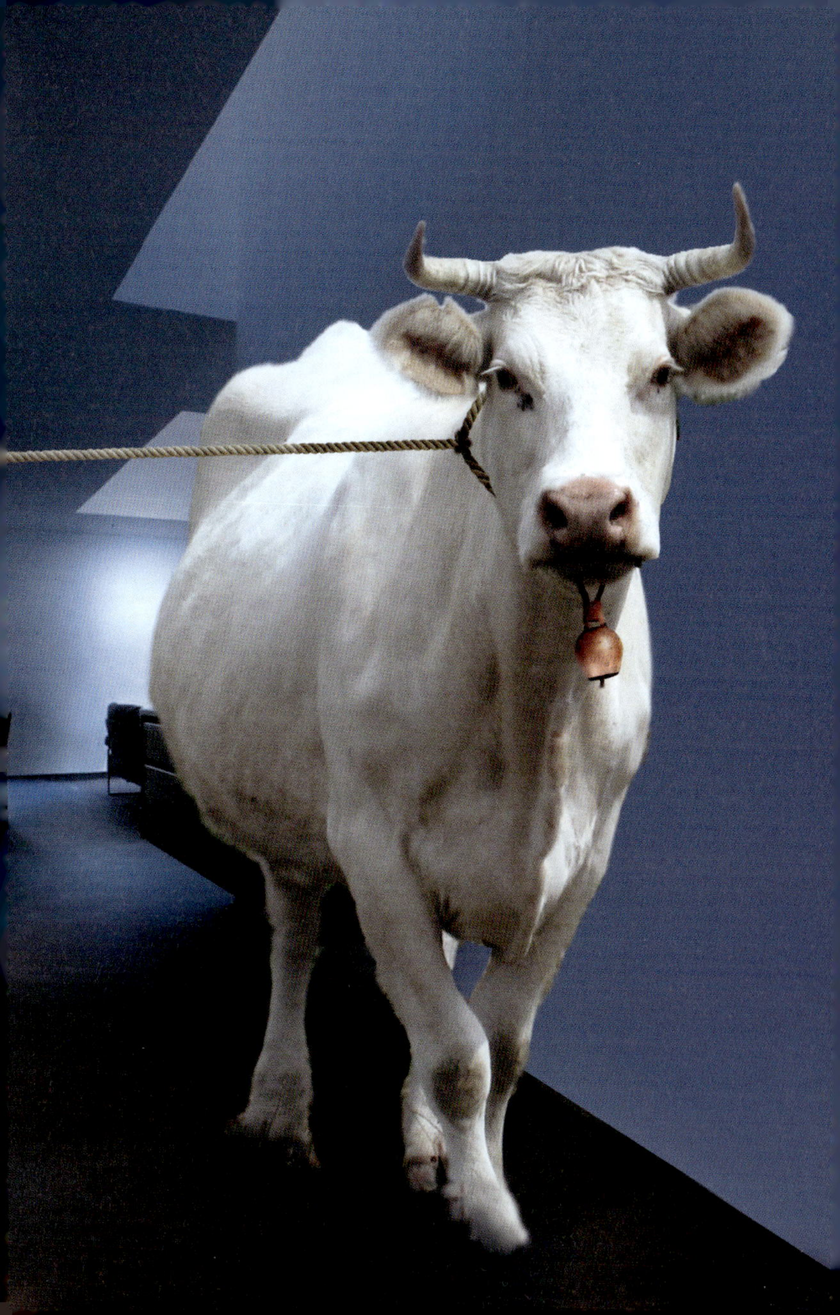

– O rany! – jęknął Kuki.

Krowa cicho zaryczała.

– Ci! Bo ciotka się obudzi!

Krowa pokręciła głową. Dzwonek na jej szyi zadzwonił jak na alarm.

– Ciii! Zrozum, ja chciałem mleko w szklance, a nie w krowie. Przykro mi, ale musisz zniknąć!

Chciał wrócić do sypialni, żeby odwołać czar. Ale w tym momencie krowa ruszyła naprzód i zablokowała mu drogę. Nie mógł teraz wejść na schody, chyba że odciągnąłby krowę, ale ona była bardzo duża. No i miała rogi.

– Odsuń się... Odejdź! M u s z ę cię anihilować. Naprawdę muszę to zrobić! Przykro mi.

Krowa spojrzała na niego smutno i machnęła ogonem, przewracając kryształowy wazon stojący na podłodze. Kuki rozejrzał się nerwowo. Wiedział, że ciotka zaraz się obudzi. A wtedy wszystko się wyda. Ciotka zabierze im krzesło, zanim zdążą cokolwiek zrobić. Chyba że wcześniej obudzą się Filip albo Tośka i odwołają ten czar. Tymczasem krowa znów zaryczała, spoglądając na chłopca z wyraźnym wyrzutem.

– O co ci chodzi...? – szepnął Kuki. – Chyba nie chcesz, żebym cię wydoił?

Ku jego zaskoczeniu krowa pokiwała łbem, jakby rozumiała, co mówi.

– Chyba zwariowałaś! Ja nie umiem doić krów. Ja mieszkam w mieście. Nigdy jeszcze krowy nie dotykałem. Zresztą teraz ludzie was nie doją... Od tego są maszyny sterowane komputerowo i...

Krowa zaryczała ponownie. Tym razem dużo głośniej.

– Ciii. Już dobrze... Zaczekaj.

Pobiegł do kuchni i wyjął z szafki mały garnek. Po namyśle zamienił go na większy. Popędził z powrotem do pokoju. Zatrzymał się przerażony, bo biała krowa podniosła właśnie ogon i na marmurową podłogę poleciał krowi placek.

– Nie! – szepnął błagalnie Kuki. – Nie rób tego, bo ciotka nas zabije!

Podszedł ostrożnie do zwierzęcia. Przykucnął i podsunął garnek pod napęczniałe wymiona. Oglądał kiedyś film, w którym pokazywano, jak doi się krowę. Spróbował robić dokładnie to samo. Najpierw nic nie leciało, ale po kilku próbach połapał się, na czym to polega, i do garnka pociekła struga mleka. Był trochę zaskoczony, bo mleko wyglądało i pachniało inaczej niż to z kartonika.

Po dziesięciu minutach mleko przestało lecieć. Kuki zaniósł garnek do lodówki, a wtedy krowa dostojnie przeszła na środek salonu, ustępując mu drogi. Chłopiec popędził na piętro. Kiedy wbiegł do sypialni, Filip otworzył oczy.

– Co ty robisz, kretynie?

– Poszedłem po mleko.

– To mnie nie budź – mruknął Filip i obrócił się do ściany.

Kuki chwycił czerwone krzesło i po cichu wybiegł na schody. Zatrzymał się gwałtownie.

Na środku salonu stała ciotka i z obłędem w oczach wpatrywała się w białą krowę. Nie zauważyła Kukiego, który schował się szybko za filarem. Ciotka stała bez ruchu, tak przerażona, jakby patrzyła na upiora. Krowa potrząsnęła głową i zrobiła krok w jej stronę. A potem polizała ciotkę różowym językiem po twarzy.

Kobieta wrzasnęła i odskoczyła. Zasłoniła oczy. Kuki wykorzystał ten moment. Usiadł na krześle i szepnął:

– Przepraszam, ale musisz przestać istnieć. Mam na myśli krowę, a nie ciotkę! – dodał szybko.

Wielkie zwierzę natychmiast rozpłynęło się w księżycowym świetle. W tym momencie ciotka odsłoniła oczy i zobaczyła pusty salon. Krowa zniknęła. Kobieta opadła na fotel.

– Ja zwariowałam... – jęknęła. – Zaczynam mieć jakieś zwidy. Zdawało mi się, że widzę tu krowę. A przecież jej nie było... Co się ze mną dzieje? Mam halucynacje! Wszystko przez te dzieciaki...

Podbiegła do szafki, wyjęła jakąś butelkę i wypiła z niej kilka łyków. Kiedy chciała odstawić ją na półkę, butelka wyleciała jej z rąk i rozbiła się na posadzce. Ciotka spojrzała nerwowo w górę, jakby bojąc się, że ktoś ją zobaczy w takim stanie. Nie próbując sprzątać rozbitego szkła, pobiegła do sypialni. W drzwiach obróciła się jeszcze, sprawdzając, czy biały upiór znów się nie pojawił, a potem szybko je zamknęła i przekręciła klucz w zamku. Kuki z ulgą wyszedł ze swej kryjówki. Wziął czerwone krzesło i poszedł spać.

Następnego ranka, zaraz po śniadaniu, ciotka włożyła płaszcz i poszła do samochodu. Rodzeństwo w milczeniu przyglądało jej się z okna. Starało się zachowywać bardzo grzecznie, żeby nie wzbudzać podejrzeń. Ciotka zerkała na nich nieufnie, ale nie miała się do czego przyczepić. Po nocnym spotkaniu z widmem krowy wyglądała na bardzo zmęczoną.

– Jadę do miasta. Mają mi pokazać kandydatki na nową kucharkę. A wy pamiętajcie, że nie macie prawa wyjść za bramę.

Kiedy samochód ciotki odjechał, dzieci popędziły do pokoju po czerwone krzesło. Postawiły je na trawniku przed domem. Tośka przyniosła wysoką szklankę i nalała do niej mleka. Filip usiadł na krześle i powiedział:

– Pierwsza próba! Niech ta szklanka bezpiecznie tu przyleci.

Szklanka uniosła się i pofrunęła w stronę Filipa. Kuki szedł obok, żeby złapać szklankę, gdyby czar przestał działać. Ale szklanka przyleciała bezpiecznie do rąk Filipa i nie wylała się z niej ani kropla płynu.

– Pierwsza próba udana.

– Mam nadzieję, że rodzice też się nie stłuką – szepnęła Tośka.

– Próba numer dwa – powiedział Filip. – Chodź, Kuki.

– A ty nie możesz?

– Jesteś lżejszy! Jak walniesz o ścianę, to dom się nie rozleci.

– Bardzo śmieszne...

Owinęli Kukiego w kołdrę, związując ją sznurkiem. Wyglądał jak balon.

– Czuję, że będą kłopoty – powiedział lekko drżącym głosem.

– Cicho. – Filip usiadł na czerwonym krześle i zawołał: – Niech mój brat Kuki przyleci do mnie! W całości!

– Aaa!

Jak pocisk wystrzelony z katapulty Kuki przeleciał łukiem nad ogrodem i spadł prosto do nóg Filipa. Tuż przed lądowaniem wyhamował i łagodnie opadł na trawę.

– Żyjesz? – zapytał Filip.

– Chyba tak... – jęknął Kuki.

– OK. Próba numer dwa udana. Ostatni test. Włóżcie kaski!

Włożyli kaski rowerowe.

– Chcę, żeby przyleciała tu walizka mamy.

W ten sposób chcieli sprawdzić, jak długo będą do nich lecieć rodzice i czy nie roztrzaskają się, lądując z dużej wysokości. Patrzyli niespokojnie w niebo, bo waliza mamy była bardzo ciężka. Wyobrażali już sobie, jak startuje tysiąc kilometrów stąd i leci jak bojowa rakieta. Czekali długo, ale nic nie przyleciało. W ogóle nic się nie zdarzyło.

– Próba trzy nieudana – stwierdził ponuro Filip.

Spojrzeli po sobie niepewnie.

– Co robimy?

– Uważam, że musimy zaryzykować – powiedziała Tosia.

– A jak rodzicom coś się stanie?

– Nie możemy czekać. To krzesło może przestać działać. Nie wiemy, czy to nie jest jednorazówka.

– To prawda.

– No to... zaczynamy!

Rodzeństwo skupiło się wokół Filipa. Uważali, że to on powinien wypowiedzieć najważniejsze życzenie. Był najstarszy, a poza tym to on niechcący wywołał całe nieszczęście. Więc teraz musi je naprawić. Filip siedział na krześle wyprostowany i bardzo skupiony.

– Tylko gadaj dokładnie! – szepnął Kuki.

Filip zaczął mówić uroczyście:

– Chcę, żeby rodzice...

– N a s i rodzice!

– Żeby n a s i rodzice bezpiecznie do nas wrócili. Niech wejdą przez te drzwi i niech będą tacy jak dawniej.

Tosia, Filip i Kuki wpatrywali się w drzwi domu. Jeszcze chwila i rodzice stamtąd wyjdą! Ale chwila minęła, potem następne i nic się nie zdarzyło. Kuki nie wytrzymał i pobiegł otworzyć drzwi, żeby sprawdzić, czy rodzice za nimi nie stoją.

Nikogo tam nie było. Kuki zaczął wołać:

– Mamo! Jesteście tu? Tato?

Nikt nie odpowiedział.

– Może wyczerpała mu się bateria? – szepnął Kuki, oglądając krzesło.

– To nie jest komóra! Ono nie ma żadnej baterii.

Tosia podbiegła do brata.

– Filip! Musimy sprawdzić, czy ono jeszcze działa. Poproś o coś. O cokolwiek.

Filip pomyślał chwilę i zawołał.

– Niech... pada deszcz.

I natychmiast zaczął padać deszcz. Straszliwa ulewa zalała ogród ciotki.

– Działa! – krzyczał Kuki. – Ono wciąż działa!

Tośka wciągnęła kaptur.

– Filip! Wyłącz ten deszcz!

– Zaraz. Muszę najpierw coś sprawdzić!...

Filip wybiegł za bramę. Tosia i Kuki pobiegli za nim.

Przebiegli może sto metrów i nagle znaleźli się w słońcu. Deszcz się urywał, jakby ktoś go zmazał gumką. Wyglądało to niesamowicie. Jak ekran podzielony na dwie połowy. Obok domu ciotki lał deszcz, a za narożnikiem świeciło słońce.

– Dlaczego tam nie pada?

– Już wiem – krzyknął Filip. – Ten czar nie działa na odległość, rozumiecie? Działa tylko w zasięgu wzroku. Nie możemy ściągnąć rodziców, bo są za daleko.

– To co zrobimy?

– Musimy do nich pojechać! Musimy stanąć przed rodzicami i patrzeć im w oczy! Tylko wtedy uda się zdjąć z nich zaklęcie!

Sprawdzili w Internecie, że statek Queen Victoria przypływa w niedzielę do portu w Kopenhadze.

– To nasza ostatnia szansa, bo potem płyną na Karaiby. Tam ich nie znajdziemy.

– To znaczy, że zostały nam dwadzieścia cztery godziny.

– Zdążymy!

Spakowali do plecaków tylko najważniejsze rzeczy. Nie brali jedzenia, bo wiedzieli, że zawsze mogą wyczarować pieniądze i kupić, co trzeba. Przez chwilę zastanawiali się, czy nie wyczarować helikoptera, ale Tośka nie chciała się zgodzić.

– Nie znamy się na helikopterach. Nie możemy ryzykować katastrofy. Polecimy normalnym samolotem.

Wyczarowali bilety na lot do Kopenhagi i wyruszyli na lotnisko.

– Słuchajcie – powiedział Filip. – Jedziemy na niebezpieczną wyprawę. Trzeba ustalić, kto jest dowódcą. I kto może używać magii.

– Ja proponuję demokrację – stwierdziła Tośka. – Będziemy wspólnie podejmować decyzje.

Obładowani plecakami szli na przystanek, skąd odjeżdżał autobus na lotnisko. Filip niósł czerwone krzesło.

– A co zrobimy – spytał Kuki – jak ktoś się będzie czepiał, że chcemy bez rodziców lecieć samolotem?

– Zmienimy tego ktosia w karalucha! – mruknął Filip – albo...

Przerwał, zatrzymując się gwałtownie.

Z przeciwka jechał czarny samochód.

– Tam jest ciotka! – krzyknął.

Rzucili się do ucieczki. Ciotka zauważyła ich i ruszyła z piskiem opon. Dzieci pędziły najszybciej, jak to możliwe, ale plecaki i krzesło im ciążyły.

– Tam!

Filip skręcił w wąską uliczkę, zdawało mu się, że tam łatwiej się ukryją. Niestety, na końcu ulicę blokowała brama zamknięta na kłódkę. Trafili na drogę bez wyjścia!

Filip błyskawicznie usiadł na krześle. Rodzeństwo stanęło za nim. Mercedes ciotki nadjechał i zahamował kilka metrów od dzieci. Ciotka wyskoczyła z samochodu.

– Dokąd się wybieracie? Chcieliście uciec, tak?

Ruszyła w stronę rodzeństwa. Kuki szepnął do Filipa:

– Zmień ją w karalucha... Szybko!

– Nie! – krzyknęła Tosia. – Bo ją ktoś wykończy offem...

– To w psa!

– Pogryzie nas!

Ciotka podeszła do nich i wrzasnęła:

– Wsiadajcie do samochodu! Porozmawiamy sobie w domu! Wsiadajcie, ale to już!

– Już wiem! – zawołał Filip. – Niech ciotka będzie mniejsza od nas!

Natychmiast zerwała się straszliwa wichura. Wiatr uderzył w ciotkę i odepchnął ją. Zaczęła wirować jak karuzela i krzyczeć na całe gardło. Wiatr uniósł piach i zrywał liście, które fruwały wraz z ciotką w szalonym tańcu. Kobieta zaczęła krzyczeć na całe gardło, wiatr odpychał ją, aż w końcu wirująca ciotka wpadła do samochodu. Drzwi zatrzasnęły się i wiatr ucichł.

Rodzeństwo, które zasłoniło oczy przed zawieruchą, teraz powoli opuściło ręce i zaczęło się rozglądać.

Ciotki nigdzie nie było.

– Gdzie ona się podziała? – spytał szeptem Filip.

– Może jest taka mała jak bakteria... – szepnął Kuki.

– Na pewno zmieniła się w małego trolla. Uważajcie, żeby jej nie podeptać.

Tosia ruszyła, patrząc uważnie pod nogi. Rodzeństwo szło za nią ostrożnie, jak po polu minowym.

Nagle usłyszeli wołanie:

– Wsiadajcie do samochodu, smarkacze!

Ale nie był to głos ciotki.

Natychmiast się odwrócili. Zobaczyli, jak z okna samochodu wychyla się twarz w ciemnych okularach.

Była to twarz siedmioletniej dziewczynki!

– Powiedziałam wam – zawołała groźnie siedmioletnia ciotka – wsiadajcie do samochodu i jedziemy do domu!

– Ale numer! – szepnął Filip.

Mała spojrzała na niego wrogo i zawołała piskliwym głosem:

– Nie słyszysz, co mówię? – spytała.

– Do samochodu!

Wtedy rodzeństwo wybuchnęło śmiechem. Dziewczynka wciąż miała na sobie czarny płaszcz i wielkie okulary i wyglądała komicznie. Podeszli do auta.

Filip powiedział z przekornym uśmiechem:

– Ciocia jest chyba za mała, żeby kierować samochodem.

– Co ty mówisz, smarkaczu?

Dzieci nie odpowiedziały. Patrzyły na zmniejszoną ciotkę, skręcając się ze śmiechu.

Ciotka w końcu się zaniepokoiła. Spojrzała na swoje malutkie ręce z pomalowanymi na czerwono paznokciami. A potem w lusterko. I zaczęła wrzeszczeć. Darła się, jakby zobaczyła upiora.

– No to cześć, ciociu! – powiedział Filip. – Musimy już lecieć! Pa!

Pokiwał wrzeszczącej ze strachu dziewczynce. Chwycił krzesło i poszedł w stronę przystanku autobusowego. Rodzeństwo ruszyło za nim.

Ciotka wyszła z samochodu, śmiesznie maleńka, mimo butów na wysokim obcasie, i patrzyła za odchodzącymi. Ocierała łzy.

Tosia zatrzymała się.

– Poczekajcie.

– Po co?

– Nie możemy jej tak zostawić. Ona jest za mała. Musimy ją odczarować albo zabrać.

– Zwariowałaś? – krzyknął Filip.

Tosia obróciła się i podeszła do małej ciotki. Spojrzała niepewnie na dziewczynkę, która jeszcze niedawno była wysoką groźną kobietą. Nie bardzo wiedziała, jak się do niej zwracać.

– Chodź z nami... ciociu.

Dziewczynka odpowiedziała ze złością:

– Nigdzie z wami nie pójdę!

– Będziesz głodna... Albo ktoś może cię porwać.

– Na przykład jakaś wstrętna ciotka – dodał Kuki.

– Odczepcie się ode mnie!

– Nie to nie – powiedział zdecydowanie Filip. – Chodźcie.

Udali, że odchodzą. Nie bardzo wiedzieli, co dalej robić. Przecież faktycznie: nie mogą takiego dzieciaka zostawić samego. Nagle rozległo się stukanie obcasów.

Odwrócili się. Mała ciotka biegła do nich.

– Dobrze – powiedziała przez zaciśnięte zęby. – Pojadę z wami. Ale jak będę znów duża, to was spiorę!

Czerwony autobus linii numer siedem był zatłoczony. Rodzeństwo stanęło na tylnej platformie. Mała ciotka trzymała się w pewnej odległości od nich i spoglądała wrogo.

– O której odlatuje samolot? – spytał Kuki.

– Sprawdziłam wszystko w Internecie. – Tosia spojrzała na kartkę. – Samolot do Kopenhagi odlatuje o dwunastej pięć, ale musimy być na lotnisku najpóźniej o jedenastej.

– Jeszcze pół godziny. Zdążymy.

– Raczej nie zdążycie – odezwała się ciotka.

– Dlaczego?

– Bo ten autobus nie jedzie na lotnisko. On jedzie w przeciwnym kierunku.

– Skąd ciocia to wie?

– Bo jestem od was starsza i mądrzejsza – burknęła siedmiolatka. – A poza tym tam jest rozkład jazdy.

Rodzeństwo podbiegło do tablicy, na której wyświetlano trasę.

– Ona ma rację! Jedziemy w złą stronę – zawołała Tosia. – Musimy wysiąść!

– Nie musimy.

Filip usiadł na krześle i spokojnie powiedział:

– Chcę, żeby ten autobus jechał p r o s t o na lotnisko.

I wtedy się zaczęło. Autobus zahamował tak gwałtownie, że kilku pasażerów przewróciło się na podłogę. A potem zawrócił z piskiem opon i ruszył w przeciwnym kierunku. Zdumieni pasażerowie wołali:

– Co się dzieje? Czy on zwariował? Dokąd on jedzie?

Rodzeństwo spojrzało na siebie z satysfakcją.

I w tym momencie stało się coś niesamowitego. Ulica skręcała w prawo. Ale autobus, zamiast skręcić, pojechał prosto! Uderzył w barierkę, roztrzaskał ją i popędził prosto przez park.

Pasażerowie zaczęli wrzeszczeć. Pojazd skakał jak oszalały na nierównym trawniku, tratując klomby i kosze na śmieci.

– Co ten kierowca robi?

– Pijany!

– Zwariował!

Przy kolejnym podskoku Filip zleciał z czerwonego krzesła na podłogę, a jakaś gruba kobieta upadła na nie, histerycznie krzycząc.

Oszalały autobus minął park i wjechał w wąską ulicę prowadzącą do rynku. Jechał pod prąd, zrywając reklamy i ścinając znaki drogowe. Samochody jadące z naprzeciwka uciekały na chodnik lub, rozbijając wystawy, wpadały do sklepów.

– Co on robi? – krzyczał przerażony Filip.

– Jedzie p r o s t o! Kazałeś mu jechać p r o s t o! – zawołała przerażona Tośka.

Autobus wjechał w środek ulicznej kawiarni. Na szczęście wszyscy ludzie zdołali uciec, z wyjątkiem kelnera, który umykał z tacą pełną szklanek. W końcu skoczył szczupakiem przez bar, wpadając do pojemnika z lodami. Autobus stratował wiklinowe stoliki i wjechał na rynek.

– Filip, zatrzymaj go, bo kogoś zabijemy! – krzyczała Tosia. – Odwołaj ten czar!

Filip z Kukim próbowali właśnie to zrobić, ale na „ich krześle" wciąż siedziała kobieta, która histerycznie krzyczała i nie dawała się zepchnąć.

Autobus pędził przez rynek, jadąc dokładnie po linii prostej. Tłum widzów przed sceną rozbiegł się we wszystkie strony. Na scenie stał Max na swoich sprężynowych butach. Obrócił się i zobaczył pędzący wprost na niego autobus. Gdy pojazd uderzył w scenę, Max wykonał rozpaczliwy skok i znalazł się na jego dachu.

Autobus rozgniótł scenę i popędził w stronę dmuchanej bramy z napisem: „Wielka atrakcja! Wystawa krokodyli i piranii".

– Filip! Zatrzymaj ten autobus! – krzyczała Tosia.

Filip zaparł się z całych sił, próbując ściągnąć z magicznego krzesła wrzeszczącą kobietę.

– Niech pani wstanie!

W tym momencie autobus wjechał do oceanarium. Wielkie akwaria pękały jedno po drugim i setki litrów wody wylewały się wraz z krokodylami i piraniami.

CENTRUM

Max, leżący na dachu autobusu, rozpaczliwie odrywał kąsające go ryby. Nagle z przerażeniem zobaczył, jak ląduje obok niego ogromny krokodyl. Gad otwierał szeroko paszczę, szczerząc upiorne zębiska, i nie wyglądał na zadowolonego.

Autobus wyjechał na szeroką ulicę, na której końcu był Port Lotniczy. Pędził ze straszliwą prędkością, prosto w stronę hali odlotów. Jeśli uderzą w budynek, to nikt nie wyjdzie z tego żywy! Zrozpaczona Tośka złapała za ogon piranię, która wpadła przez okno, i wrzuciła ją za koszulę kobiety siedzącej na krześle. Ta zerwała się z jeszcze większym wrzaskiem. Filip natychmiast usiadł na krześle i zawołał.

– Niech ten autobus się zatrzyma!

Pisk hamulców. Autobus siłą rozpędu wjechał jeszcze na schody prowadzące na lotnisko i wreszcie się zatrzymał.

Przez chwilę w autobusie nikt z pasażerów się nie odzywał. A potem wszyscy jednocześnie rzucili się z krzykiem do drzwi. Otworzyli je siłą i uciekli.

Zostali tylko Tosia, Filip, Kuki i mała ciotka. Nagle z kabiny wyszedł blady jak trup kierowca. Szedł, chwiejąc się i szepcząc:

– Co ja zrobiłem?... Boże, co ja zrobiłem...

Filip szybko usiadł na krześle i zawołał:

– Niech naprawi się wszystko, co zniszczyliśmy.

Na szczęście budynek lotniska stał na wzgórzu i całe miasto było w zasięgu wzroku. Natychmiast wszystkie szkody się naprawiły. Na końcu krokodyl otworzył paszczę i puścił but Maksa. Gdzieś daleko zaczęły wyć syreny policyjnych samochodów. Tośka chwyciła krzesło.

– Zwiewamy stąd.

Wyskoczyli z autobusu i pobiegli na lotnisko. Nie zauważyli Maksa, który wciąż siedział na dachu pojazdu. Mężczyzna patrzył jak zahipnotyzowany na dzieci i czerwone krzesło. Potem poderwał się i skoczył na chodnik. Odbił się na swoich sprężynowych butach i pognał za nimi.

Na lotnisku kotłował się wielki tłum podróżnych. Zaczynały się właśnie wakacje i setki pasażerów z walizami i rozkrzyczanymi dziećmi kłębiły się w hali odlotów. Wszędzie stały długie kolejki. Filip i Kuki rozglądali się trochę zagubieni.

– Dokąd mamy iść? – spytał niepewnie Kuki.

– Ja wiem – mruknęła ciotka. – Ale nie powiem wam.

– Sami sobie poradzimy – powiedziała Tosia. Spośród rodzeństwa tylko ona podróżowała wcześniej samolotem, kiedy poleciała ze szkolną orkiestrą do Pragi. – Najpierw musimy iść do odprawy. To jest tam.

Wskazała ladę, nad którą świecił się napis: „Lot 007. Kopenhaga".

Pobiegli we wskazane miejsce. Tutaj kolejka nie była na szczęście zbyt długa. Zanim doszli do lady, Filip powiedział:

– Przykro mi, ciociu, ale na razie muszę cię pozbawić głosu.

– Co takiego, smarkaczu?

W odpowiedzi Filip usiadł na krześle i coś wyszeptał.

– Co ty robisz!? – spytała Tośka.

– Rozkazałem, żeby ciotka mówiła tylko w języku madagaskarskim. Żeby komuś nie wygadała, co się stało.

Ciotka spojrzała na niego z wściekłością i wyrzuciła z siebie potok dziwnych słów. Brzmiało to mniej więcej tak:

– Mami taka! Manary! Miota! Mikasika! Very aho mikasika! Kalifaty fanalana amin!

Widać było, że czyni rozpaczliwe próby, żeby mówić w swoim języku, ale nie potrafiła tego zrobić. W końcu zamilkła i tylko patrzyła na Filipa z wściekłością.

Urzędniczka za ladą zawołała:

– Następna osoba!

Podeszli do lady.

– Dzień dobry.

Kobieta spojrzała na nich zdziwiona.

– Dzień dobry. Z kim lecicie?

– Z naszą ciocią.

– Gdzie ona jest?

– Tutaj.

Urzędniczka zerknęła na małą dziewczynkę w ciemnych okularach.

– To ma być jakiś żart?

– Nie. Pokaż paszport, ciociu.

Urzędniczka zajrzała do dokumentu.

– Nie rozumiem. To dziecko ma czterdzieści lat!?

– Tak, proszę pani – odpowiedział szybko Filip. – Nasza ciocia zrobiła sobie operację plastyczną, żeby młodziej wyglądać, i trochę przesadziła.

– Very aho mikasika! – zawołała ciotka.

Oszołomiona urzędniczka oddała jej paszport.

– Proszę pokazać bilety.

Byli na to przygotowani. Podali nowiutkie bilety.

– Dobrze. Postawcie bagaż na wagę. To krzesło też.

– Po co? – spytał nieufnie Filip.

– Muszę je zważyć. No, postaw je!

Filip niepewnie postawił czerwone krzesło na wadze. Z drukarki wysunęły się białe karteczki.

Urzędniczka nakleiła je na plecaki i na krzesło. Nacisnęła guzik, pas transmisyjny ruszył i krzesło odjechało razem z bagażami.

– Co pani robi!? – krzyknął Kuki.

– Jak to co? – zdziwiła się urzędniczka.

– Niech pani odda nasze krzesło!

– Ależ ono jest za duże do kabiny. Będzie lecieć w luku bagażowym...

– Nie zgadzamy się! Niech pani je odda!

– Nie mogę cofnąć taśmociągu. Ej! Co wy robicie!?

Filip i Kuki wskoczyli na pas transmisyjny. Za nimi skoczyła Tośka, a potem mała ciotka, która bała się, że jeśli krzesło zginie, to do końca życia zostanie siedmiolatką mówiącą w języku madagaskarskim.

Urzędniczka zerwała się z krzykiem.

– Ochrona!

Dwaj pracownicy ochrony lotniska popędzili do niej. Zaczął piszczeć alarm.

Pas transmisyjny z bagażami przesuwał się błyskawicznie. Czerwone krzesło zmierzało w stronę czarnej dziury, gdzie bagaże wpadały i znikały.

Filip i Kuki biegli po pędzącym taśmociągu, przeskakując walizy i torby. Potykali się, przewracali i znów podnosili. Za braćmi pędziły Tosia i ciotka. Krzesło dojechało do otworu przesłoniętego pasami plastiku. Odchyliło je, wpadło do czarnej rury i pojechało w dół, akurat w chwili, gdy Filip miał je złapać. Rodzeństwo bez namysłu wskoczyło do rury i zjechało za krzesłem. Ciotka zawahała się, ale potem i ona skoczyła. Biegnący za nimi ochroniarze byli zbyt wielcy, żeby wcisnąć się do otworu. Popędzili w stronę drzwi.

Dzieci pojechały wraz z walizami krętą zjeżdżalnią i spadły na jeden z pasów transmisyjnych. Znalazły się w niezwykłym świecie. Wokół nich był labirynt pędzących w różnych kierunkach taśmociągów. Walizki spadały na nie z wylotów wielu rur i były kierowane w różne strony. Bagaże sunęły i krążyły w niesamowitym tańcu, żeby na koniec dotrzeć do właściwego samolotu. Wszystko odbywało się automatycznie. Hala była ogromna i ciemna. Dzieci nie widziały, gdzie jest ich krzesło. W końcu Filip je zobaczył.

– Tam.

Czerwony przedmiot zmierzał już w stronę luku bagażowego w samolocie. Rodzeństwo rzuciło się w pogoń. Ciotka popędziła za nimi, potykając się na wysokich obcasach i wykrzykując dziwnie brzmiące słowa. Przeskakiwali przez pędzące taśmociągi, zrzucając walizy i przewracając się na pasy transmisyjne, które wlokły ich w przeciwnym kierunku. Krzesło było już kilka metrów od samolotu. Jeśli do niego wjedzie, to go nie odzyskają. Poleci nie wiadomo gdzie. Kuki zatrzymał się i krzyknął najgłośniej, jak potrafił:

– Wróć do nas! Wracaj!

Wtedy czerwone krzesło poderwało się jak wierny pies. Uniosło się ponad taśmociąg, zawirowało i poleciało z wielką prędkością, lądując po chwili obok Kukiego. W tym momencie otworzyły się drzwi hali i wbiegł oddział ochroniarzy. Zanim rodzeństwo zdążyło cokolwiek zrobić, otoczyli je, wydzierając im czerwone krzesło z rąk.

Tosia, Filip, Kuki i mała ciotka siedzieli z ponurymi minami na posterunku ochrony lotniska. Naprzeciwko dzieci siedział komendant w czarnym mundurze. Dalej jakiś technik badał krzesło za pomocą urządzenia wydającego ciche piski. Miał też psa, który obwąchiwał uważnie magiczny przedmiot.

– Nic tu nie ma. To jest zwykły mebel.

Technik postawił krzesło obok komendanta i wyszedł razem z psem.

– Ostatni raz pytam – komendant spojrzał groźnie na dzieci. – Czemu to zrobiliście? I gdzie są wasi rodzice?

Rodzeństwo milczało. Za to mała ciotka wyrzuciła z siebie potok słów w języku madagaskarskim, a potem też zamilkła.

– Dziwne dzieci – westchnął komendant. – Chyba muszę wezwać psychologa.

Odwrócił się i podniósł słuchawkę telefonu. Filip ostrożnie wstał i zaczął się skradać w stronę krzesła. Mała ciotka krzyknęła:

– Mami taka! Mitandrina!

Komendant obrócił się, ale było za późno. Filip siedział już na krześle i zawołał:

– Niech pan zaśnie. Na pięć minut!

Komendant zerwał się, ale zaraz opadł z powrotem na fotel. Ziewnął i jego głowa powoli osunęła się na biurko. Zaczął chrapać.

– Zwiewamy!

Filip chwycił krzesło i popędził do drzwi. Tośka i Kuki pobiegli za nim. Mała ciotka zawahała się, ale w końcu także wybiegła.

Ukryli się między samochodami na podziemnym parkingu pod lotniskiem i zrobili naradę.

– Samolotem raczej nie polecimy – powiedziała Tosia.

– Raczej nie.

– No to co zrobimy?

– Możemy zaczarować kierowcę taksówki i kazać mu jechać do Kopenhagi – wymyślił Filip.

– To będzie porwanie. Przestępstwo. Wsadzą nas do więzienia.

– Panguh! – krzyknęła ciotka.

– O co jej chodzi?

– Panguh Uh!

Po chwili wahania Filip zdjął z niej zaklęcie i ciotka znów mogła mówić w zrozumiałym dla nich języku.

– Pociąg! – wrzasnęła. – Możecie jechać pociągiem! Rozumiecie mnie czy nie!?

Kuki zasłonił uszy.

– Niech ciocia tak nie krzyczy. Przecież już rozumiemy.

– Jak długo jedzie pociąg do Kopenhagi? – spytała Tosia.

– Rano będziemy na miejscu. Odjeżdża za dziesięć minut.

– Skąd ciocia to wie?

– Mam w telefonie rozkład jazdy!

Zerwali się i popędzili w stronę dworca kolejowego, który na szczęście był po drugiej stronie ulicy. Kuki pomyślał, że od czasu kiedy zaczęli tę wyprawę, to bez przerwy gdzieś biegną. Żadne z nich nie zauważyło człowieka w butach na sprężynach, który właśnie wyszedł z parkingu. Max bezskutecznie szukał dzieci na całym lotnisku i już chciał zrezygnować, pewny, że odleciały jakimś samolotem. Na widok biegnących krzyknął z radości i popędził za nimi.

Na pierwszym peronie stał srebrzysty pociąg EuroCity do Kopenhagi. Konduktorka spojrzała na zegar i sięgnęła po gwizdek.

– Niech pani zaczeka. Jeszcze my!

Kobieta spojrzała zdziwiona na czwórkę dzieci z czerwonym krzesłem, które wbiegły na peron i wzajemnie sobie pomagając, wdrapały się do wagonu. Ruszyła w ich stronę, żeby spytać, z kim jadą, kiedy na peronie pojawił się dziwny mężczyzna w podartym płaszczu i butach na sprężynach. On także wsiadł do pociągu. Konduktorka chciała pobiec za nim, ale zawiadowca zaczął gwałtownie machać ręką, pokazując na zegar, więc zagwizdała i wskoczyła do ostatniego wagonu. Drzwi z sykiem się zamknęły i pociąg ruszył.

Zajęli cały przedział pierwszej klasy. Kuki z zachwytem oglądał dziwne urządzenia: lampki ukryte w oparciach foteli i małe półeczki na napoje, wyskakujące po naciśnięciu guzika. Krzesło, które nie mieściło się na półce, postawili na korytarzu, tuż obok drzwi. Filip usiadł naprzeciwko małej ciotki, która patrzyła na niego wrogo.

– Ciociu. Jeśli mamy żyć w zgodzie, to musisz przestrzegać regulaminu – powiedział Filip stanowczym głosem. – Po pierwsze, nie wolno ci dotykać krzesła.

– Po drugie, musisz nas słuchać – dodał Kuki.

– Nigdy nie będę was słuchać! – zawołała ze złością ciotka.

– Jeżeli nie będziesz nas słuchać, to nigdy cioci nie odczarujemy.

Ciotka sapnęła ze złości i założyła ciemne okulary.

Korytarzem ostatniego wagonu szedł Max. Zaglądał do każdego przedziału. Uważnie lustrował wzrokiem pasażerów, bo nie był pewny, czy rodzeństwo nie zamieniło się w kogoś innego.

Tymczasem w następnym wagonie Filip postawił na fotelu kosz pełen pomarańczy, słodyczy, kanapek i butelek.

– Wyczarowałem prowiant i kilka gier. Tylko dla nas!

Rodzeństwo rzuciło się do otwierania torebek i napojów. Mała ciocia patrzyła na nich zazdrośnie. Była głodna i chciało jej się pić.

Tośka zerknęła na nią. Wzięła pomarańczę i sok jabłkowy i podała je ciotce.

– Masz. To dla ciebie.

Siedmiolatka przyjęła podarunek, ale nie powiedziała dziękuję.

– Jak wy to robicie? – spytała.

– Co jak robimy?

– No, te czary.

Kuki spojrzał na nią dumnie i powiedział:

– My możemy wszystko zrobić.

– Ale jak? Musicie wypowiedzieć jakieś specjalne słowa?

– Nie. Po prostu siadamy na krześle, mówimy, co chcemy, i wszystko dostajemy.

– Po co jej to zdradziłeś?! – zawołała Tośka. – Teraz będziemy musieli stale jej pilnować!

Ciotka spojrzała tryumfalnie.

– I tak mnie nie upilnujecie!

Ale Filip roześmiał się i powiedział:

– Spokojnie, ciotuniu. Założyłem simlocka.

– Co założyłeś? – spytał zdziwiony Kuki.

– Blokadę. Rozkazałem, żeby ona sama nie mogła się odczarować. Tylko my możemy to zrobić.

Ciotka zrobiła wściekłą minę i rzuciła w niego skórką pomarańczy.

Z sykiem otworzyły się drzwi w przejściu między wagonami. Max przecisnął się z trudem, bo jumpery utrudniały mu chodzenie w wąskim przejściu. Ostrożnie wyjrzał.

Zobaczył czerwone krzesło stojące na drugim końcu korytarza! Zaczął się skradać. Był już kilka kroków od niego, kiedy usłyszał:

– Proszę pokazać bilet.

Obrócił się gwałtownie. Stało za nim dwoje konduktorów. Przyglądali mu się podejrzliwie.

– Nie mam biletu – powiedział Max. – Nie zdążyłem kupić.

– Rozumiem. Może go pan kupić teraz.

– Nie mam portfela.

– W takim razie proszę ze mną.

Max spojrzał na krzesło i wściekły ruszył za konduktorem.

Rodzeństwo nieświadome zagrożenia grało w monopol. Siedmioletnia ciotka nie brała udziału w grze, ale obserwowała ją z zaciekawieniem.

– Kupuję hotel za dwieście – powiedział Kuki, kładąc na planszy garść plastikowych monet.

– Źle zrobiłeś – zawołała ciotka. – Trzeba było kupić elektrownię.

Kuki zerknął na planszę. Faktycznie, pomylił się. Ale oczywiście nie miał zamiaru się przyznać. Obrócił się do dziewczynki i powiedział lekceważąco:

– Nie znasz się, ciociu.

– Znam się! – zaperzyła się siedmiolatka. – Jestem dyrektorką banku od dwudziestu lat i wiem, co się opłaca. A ty nie kłóć się ze mną, smarkaczu!

Kuki też się rozłościł.

– Słuchaj, ciociu! My z tobą nie gramy, bo nikt cię tu nie lubi!

Tośka pociągnęła go za rękę.

– Kuki, nie mów tak! Ona ma siedem lat.

– Nie ma siedmiu. Ma czterdzieści. Ja jej nie lubię i wy jej nie lubicie. To znaczy, że nikt jej tu nie lubi.

W tej chwili otworzyły się drzwi i zajrzała konduktorka.

– Dzień dobry. – Przyjrzała się uważnie dzieciom. – Jedziecie sami?

– Tak – powiedział Filip.

– A gdzie są wasi rodzice?

– Jedziemy do nich.

Konduktorka chciała coś powiedzieć, ale w tym momencie zerwała się ciotka. Podbiegła do kobiety i chwyciła ją za rękę.

– Oni kłamią. Oni mnie porwali! Niech mnie pani ratuje.

– Co takiego? – Konduktorka spojrzała zdziwiona na dziewczynkę.

– To są porywacze i oszuści! Ratuj mnie!

Tosia chwyciła ciotkę i pociągnęła ją na siedzenie. Zasłoniła jej usta, wołając:

– Ona zmyśla, proszę pani. To dziecko ma bujną wyobraźnię. W ogóle jest trochę dziwna i nerwowa.

Konduktorka patrzyła niepewnie na wyrywającą się dziewczynkę.

– Wy się nią opiekujecie?

– To ja się nimi opiekuję – krzyczała ciotka, wyrywając się Tośce.

Filip pochylił się i szepnął:

– Ciociu, siedź cicho, bo zamienimy cię w pająka.

Konduktorka miała już dosyć tego przedstawienia.

– Pokażcie mi bilety.

Filip wstał. Konduktorka zagradzała mu drogę do krzesła.

– Zaraz pokażę bilety. Tylko muszę usiąść na tym krześle.

Ciotka wrzasnęła:

– Nie pozwól mu siadać na krześle. On cię zmieni w tarantulę!

Do przedziału zajrzał drugi konduktor.

– Co tu się dzieje?

Konduktorka wzruszyła ramionami.

– Dzieciaki jadą bez biletów.

Filip widział, że sytuacja robi się niebezpieczna. Ruszył w stronę krzesła.

– Chcę tam usiąść.

Konduktorka zastawiła mu drogę i, ku przerażeniu dzieci, sama usiadła na czerwonym krześle.

– A ja chcę, chłopcze, żebyś powiedział mi prawdę, o co tu chodzi.

Przez korytarz przeleciała wichura, jakby nagle ktoś otworzył wszystkie okna. Czapki spadły konduktorom z głów, jednocześnie Filip poderwał się i stanął na baczność, jak w wojsku.

– Filip, nic nie mów! – krzyknęła Tosia.

Ale było za późno. Czar już działał i Filip zaczął mówić głosem robota:

– Uwaga! Mówię całą prawdę. Nie mamy biletów. To jest nasza ciotka. Ma chyba czterdzieści lat. Zmniejszyliśmy ją. To krzesło może wyczarować wszystko, nawet bombę atomową. Koniec prawdy.

Filip padł wyczerpany na siedzenie. Konduktorzy patrzyli na niego w osłupieniu, a potem wybuchli śmiechem.

– Ma dzieciak fantazję!

Konduktorka rozsiadła się wygodniej na krześle.

– Uciekliście z domu, co?

Dzieci milczały.

– Ja też kiedyś zwiałam z domu. A wiecie czemu? Bo ojciec nie chciał mi kupić psa. Schowałam się na strychu i krzyczałam: „Ja chcę psa. Chcę sto psów...”.

Kuki krzyknął przerażony:

– Niech pani tego nie mówi!!!

Konduktorka spojrzała zdziwiona:

– Dlaczego?

W tej chwili rozległo się ciche piszczenie.

– Czuję, że będą kłopoty – szepnął Kuki.

I kłopoty nadeszły bardzo szybko. Pierwszy kłopot wysunął głowę z torby konduktorki. Był małym szczeniakiem rasy bokser. Wyglądał bardzo miło, ale kobieta patrzyła na niego przerażona, jakby był jadowitą kobrą. Nie zdążyła mu się dokładnie przyjrzeć, bo drugi kłopot wyszedł z kieszeni jej munduru. Tym razem był to malutki labrador, który zaszczekał piskliwym głosikiem. Natychmiast za wszystkich stron pociągu odpowiedziało mu głośne szczekanie.

Konduktorka zerwała się.

– Czyje są te psy?

– Pani – odpowiedział Filip. – Ma pani swoje sto psów.

W tej chwili w wagonie zaczęła się panika. To krzyczeli pasażerowie, kiedy z walizek i toreb z laptopami zaczęły wychodzić psy. Dalmatyńczyki, buldogi, jamniki, husky i wesołe kundelki pojawiały się nie wiadomo skąd. Wskakiwały na kolana i głowy ludzi, merdając ogonami i liżąc ich po nosach. Konduktorzy w panice wybiegli na korytarz. Kłębiła się tu masa psiaków dużych i małych. Wszystkie szczekały, skakały, drapały i bawiły się w najlepsze.

Dzieci patrzyły na to zafascynowane. Wreszcie Tosia oprzytomniała.

– Filip, odwołaj to.

Jednak czaru nie dało się już odwołać. Sto psów rozbiegło się po całym pociągu i były poza zasięgiem wzroku. Pasażerowie miotali się po korytarzach lub zamykali w przedziałach. Panika narastała.

– Zwiewamy stąd! – krzyknęła Tośka.

Filip usiadł na krześle i krzyknął:

– Niech ten pociąg się zatrzyma!

Zapiszczały hamulce i pociąg stanął w pustym polu. Filip natychmiast otworzył drzwi i wyskoczył na nasyp. Tosia i Kuki skoczyli za nim. Tylko mała ciotka nie mogła się zdecydować. Miała buty na wysokim obcasie i dosyć krótkie nogi.

– Dalej! Skacz, wstrętna donosicielko!

Wreszcie ciotka skoczyła. Kuki złapał ją za rękę, ratując od upadku.

Pociąg ruszył i wkrótce znikł za zakrętem. Jeszcze z daleka było słychać szczekanie psów.

Dzieci zostały same. Przed nimi rozpościerało się wielkie pustkowie, porośnięte suchą trawą i żółtymi kwiatami. Dalej był las. Nie było widać żadnego domu ani drogi. Tosia obróciła się do rodzeństwa i spytała niepewnie:

– Jak my się stąd wydostaniemy?

Tymczasem Max, słysząc hamowanie pociągu, rzucił się do okna. Zobaczył dzieci i krzesło na nasypie i chciał za nimi wyskoczyć, ale nadbiegł wielki doberman i zaczął groźnie warczeć.

– Wynoś się, wynocha! – wrzasnął Max.

Doberman wyszczerzył kły i zaczął się do niego zbliżać. Mężczyzna uciekł do toalety, zatrzaskując drzwi. Pies rzucił się na nie, głośno szczekając i chwytając zębami klamkę. Pociąg zaczął się rozpędzać. Wtedy Max kopnął z całych sił w okno. Szyba rozbiła się z trzaskiem, a mężczyzna wyskoczył z pędzącego pociągu, staczając się z nasypu.

Dzieci szły przez wzgórza porośnięte srebrzystą trawą. Spod nóg uciekały im maleńkie jaszczurki. Ziemia podziurawiona była norami, w których mieszkały pewnie polne myszy albo króliki. Było bardzo gorąco.

Krzesło szło przed dziećmi, jakby było ich przewodnikiem. Na końcu kuśtykała mała ciotka. Uparła się, że nie zdejmie butów na wysokich obcasach. Co jakiś czas obcasy wpadały do mysich nor i ciotka się wywracała. Wędrowali już przez godzinę i byli zmęczeni. Dotarli do piaszczystego stoku, który opadał stromo w kierunku lasu. Filip, Kuki i Tośka zaczęli biec. Skakali ogromnymi susami, lądując na piasku, podrywając się i biegnąc dalej. Śmiali się przy tym i krzyczeli. Krzesło popędziło za nimi, robiąc jakieś niesamowite salta i skoki.

Mała ciotka spoglądała ze złością na rozbawione rodzeństwo. Chętnie by też pobiegła, ale miała niewygodne buty, no i czuła się zbyt dorosła. Więc zawołała tylko:

– Poczekajcie na mnie! – I zaczęła niezgrabnie złazić stromym zboczem.

Max biegł przez pustkowie, sadząc wielkie kroki w swoich sprężynowych butach. Nigdzie nie widział dzieci. Nagle zatrzymał się. Daleko, na piasku, zobaczył ślady stóp. Ruszył w tę stronę.

Było już późne popołudnie i słońce stawało się coraz bardziej czerwone, a cienie drzew coraz dłuższe. Dzieci szły teraz przez zielone łąki, na których rosły potężne topole. Były coraz bardziej zmęczone. Wreszcie Kuki zatrzymał się i usiadł na kamieniu.

– Ja już nie mogę. Nigdy nie dojdziemy do żadnej miejscowości! To jest jakiś koniec świata!

Mała ciotka, najbardziej zmęczona z nich wszystkich, krzyknęła:

– Czemu wy jesteście tacy głupi? Wyczarujcie samochód i będziemy sobie wygodnie jechać.

– Nikt cioci nie pyta o zdanie! – Filip pochylił się do Tośki i spytał szeptem: – Może naprawdę wyczarujemy jakąś terenówkę?

– Nie umiemy kierować.

– Ja umiem – zawołała ciotka. – Mam prawo jazdy od dwudziestu lat!

– Ale ciocia ma za krótkie nóżki – odpowiedział Kuki.

– I za mały rozumek! – dodał Filip.

– Przestań się do mnie tak odzywać, smarkaczu! – zaperzyła się siedmiolatka. – Mogłabym być twoją matką.

Zanosiło się na kłótnię.

– Poczekajcie... – uspokoiła ich Tosia. Obróciła się do małej ciotki. – Naprawdę umiałabyś prowadzić samochód?

– Pewnie.

Kuki i Filip usiedli na krześle razem, bo nie mogli ustalić, kto ma wyczarować superauto. Zaczął Filip.

– Chcemy dostać pojazd terenowy. Może być superjeep...

– Albo czołg... – zawołał Kuki.

– Nie umiem prowadzić czołgu! – zaprotestowała ciotka.

– Chcemy, żeby był duży i miał mocny silnik... – powiedział Filip.

– Dwieście koni! I turbo! – krzyknął Kuki.

– Trzysta! I napęd na cztery koła.

– Żeby była klima...

– I srebrna rura wydechowa, i...

– Opanujcie się! – zawołała Tośka. – To nie jest diler samochodowy.

– Jeszcze lakier metalik.

– I żeby miał muzyczny supersprzęcior.

– I GPS!

A potem bracia powiedzieli jednocześnie:

– Daj nam taki pojazd!

Filip szepnął do Kukiego:

– Na pewno dostaniemy superterenowe porsche.

Przez chwilę nic się nie działo. Wreszcie usłyszeli dziwny dźwięk. Narastający groźny huk. Ziemia drżała. Bracia zerwali się z krzesła. Siedmioletnia ciocia schowała się za Tosię.

Zza lasu coś się zbliżało. Coś wielkiego.

– Może ono wyczarowało dinozaura! – szepnął przerażony Kuki. – Dinozaur też jest terenowy i ma napęd na cztery łapy.

Schowali się w rowie, wystawiając tylko głowy. Ziemia drżała coraz mocniej, a huk był tak głośny, że aż bolały uszy.

– Co to może być?

– Pojazd kosmiczny. Taki jak w *Gwiezdnych wojnach*!

– Albo bolid Formuły Jeden – szepnął Kuki.

– Jesteś głupi. Bolidy nie jeżdżą po piachu.

– Magiczne jeżdżą...

I wtedy zza drzew wyłonił się ich pojazd. Nie był to bolid ani pojazd z *Gwiezdnych wojen*. Był to traktor. Ale jaki! Chyba największy traktor na świecie. Ogromny jak dom. Koła miał wyższe od dorosłego człowieka. Jechał sam, bez kierowcy, hucząc ogromnym silnikiem. Zbliżał się jak wielki smok, świecąc potężnymi reflektorami. Zatrzymał się obok dzieci, które niepewnie do niego podeszły. Były maleńkie wobec jego ogromu.

240
CVT

Do kabiny prowadziły cztery stopnie. Filip wspiął się na nie i z trudem otworzył drzwi.

We wnętrzu były dziesiątki urządzeń, jakieś gałki i drążki, wyglądające zupełnie inaczej niż w zwykłym samochodzie.

– Ciocia będzie umiała tym kierować?

– Chyba tak.

Silnik warknął i ruszyli. Jechali jak pijani. Traktor zataczał się i robił koła, bo ciotka była za niska i ledwo wystawała znad kierownicy. Nic nie widziała, więc musieli jej mówić, dokąd ma jechać.

– W lewo! Skręć, bo walniesz w kamień! Uważaj, ciociu! – krzyczało rodzeństwo.

– Jak mam uważać, kiedy nic nie widzę!?

– Mogłaś urosnąć! – powiedział Kuki.

– To mnie powiększcie.

– Jeszcze czego!

Krzesło przywiązali na dachu. Podskakiwało na każdym wyboju, ale na szczęście było mocno przyczepione. Wielki traktor sunął przez bezdroża równie łatwo jak samochód po autostradzie. Filip odkrył przycisk turbo, który powodował, że pojazd gwałtownie przyspieszał. Wjechali z prędkością rajdowego auta na łąkę, gdzie skakały setki żab i błyszczały kałuże zielonej wody.

– To jest bagno – powiedziała ciotka. – Możemy się tu utopić. Lepiej zawróćmy.

– Nie panikuj! Przejedziemy z rozpędu. Gazuj!

Traktor zawarczał silnikiem i zaczął grzęznąć w błocie.

– Ona ma rację – zawołała Tosia – trzeba zawrócić!

Ale było już za późno. Ciężki pojazd zaczął się zapadać w bagno.

– Jedź... Nie zatrzymuj się. Dawaj turbo!

Przyspieszyli, licząc, że dzięki prędkości przejadą przez trzęsawisko. Silnik wył i wielki traktor wciąż posuwał się do przodu, ale jednocześnie zanurzał się coraz bardziej w bagiennej toni.

– Czuję, że będą kłopoty – szepnął Kuki.

– Zamknijcie okna, szybko! – krzyczał Filip.

Tośka podniosła szyby. Silnik jęczał, a traktor szarpał się, próbując wydobyć się z bagna.

Tonął jednak coraz bardziej. Koła, a potem okna zaczęły znikać w zielonej mazi. Wreszcie cały pojazd został wessany w błotną czeluść.

Wewnątrz kabiny dzieci przytuliły się do siebie. Było niemal zupełnie ciemno. Błotna maź okleiła szyby, cuchnęło zgnilizną i zdechłymi rybami. Traktor opadał coraz głębiej.

– Utoniemy! – krzyczała przerażona ciotka.

Przez otwory wentylacyjne zaczęła sączyć się woda i wpływały jakieś czarne stworzenia podobne do małych węży.

– Musimy wybić szybę i wypłynąć – zawołał Kuki.

– Jak? Przecież to nie jest woda, tylko błoto. Wciągnie nas.

Filip zerwał się.

– Zasłońcie usta i zamknijcie oczy!

Jednym szarpnięciem otworzył okno w dachu. Natychmiast wlało się do wnętrza cuchnące błoto. Filip zacisnął powieki, podciągnął się na rękach i wyskoczył na dach. Kopnięciem zatrzasnął klapę i po omacku zaczął szukać krzesła.

Wytrzymywał w wodzie minutę bez oddychania, więc wiedział, że ma tylko tyle czasu. Obrzydliwy muł okleił go całego. Wymacał siedzenie krzesła i usiadł.

– Uratuj nas, wyciągnij nas stąd... – krzyknął.

Kiedy to mówił, błoto wpłynęło mu do ust i zaczął się dusić. „Jeśli za chwilę nie odetchnę, to zginę!", pomyślał rozpaczliwie. Nagle spadła mu do rąk lina zakończona hakiem. Resztkami sił zaczepił ją o rurę bagażnika. Lina się naprężyła, szarpnęło traktorem i pojazd zaczął unosić się w górę. Filip już tego nie czuł. Z braku powietrza zaczynał tracić przytomność. Ale w tej samej chwili pojaśniało – lina wyciągnęła traktor na powierzchnię. Chłopak wypluł błoto, w którym roiło się od czarnych pijawek, i wreszcie odetchnął. Spojrzał w górę. Na końcu liny był wielki balon, który wydobył traktor z bagna i ciągnął go teraz w stronę suchego brzegu. Wreszcie koła złapały przyczepność, silnik ryknął i powoli wyjechał na suchą drogę. Wtedy lina sama się odczepiła i balon odfrunął.

– Udało się!

Tośka i Kuki otworzyli okno w dachu i Filip wskoczył do środka. Oddychał ciężko.

– Żyjesz?...

– Chyba tak.

– Byłeś niesamowity!

W tej chwili ciotka zaczęła wrzeszczeć. Puściła kierownicę i skakała po kabinie, rozpaczliwie machając nogą. Traktor zaczął kręcić się w kółko.

– Ciociu! Co jest? Trzymaj kierownicę!

– Zdejmijcie to ze mnie. Odczepcie to!

Tosia spojrzała na stopę ciotki. Była tam, przyssana do pięty, wielka pijawka. Tosia lubiła zwierzęta, ale ta napęczniała krwią maszkara wyglądała ohydnie. W końcu Tośka złapała śliskie stworzenie i zaczęła ciągnąć. Ciotka szarpała się i wierzgała nogą.

– Ała!

– Trzymajcie ją!

Wreszcie Tosia oderwała oślizgłego wampira i wyrzuciła go za okno.

Ciocia płakała, jakby naprawdę była siedmioletnią dziewczynką. Tosia próbowała ją uspokoić. Filip złapał kierownicę i starał się prowadzić traktor w miarę prosto.

Wjechali na wąską leśną drogę. Wielki traktor z trudem mieścił się pomiędzy drzewami. Rozległ się jakiś trzask.

– Co to było? – spytała ciotka.

– Walnęliśmy w gałąź.

– Trzeba to sprawdzić. Zatrzymaj się.

– Przestań nam rozkazywać – krzyknął Kuki. Na złość ciotce nacisnął turbo i pojazd popędził przez las. Po jakiejś godzinie jazdy wyrosło przed nimi wysokie wzgórze. Traktor zaczął się wspinać. Nagle silnik zakrztusił się, zakaszlał kilka razy i pojazd się zatrzymał.

– Co się znów stało?

Mała ciotka spojrzała na wskaźniki.

– Skończyło się paliwo.

– Nie ma sprawy – powiedział Filip. – Wyczaruję stację benzynową.

Otworzył drzwi. Zajrzał na dach i krzyknął z przerażenia. Krzesła nie było!

– Nie ma go! Zgubiliśmy krzesło!

Pędzili przez las, rozglądając się na wszystkie strony. Czerwonego krzesła nigdzie nie było widać.

– Musiało zahaczyć o gałęzie – wołał zdyszany Filip.

– Mówiłam wam, żeby sprawdzić! – krzyczała ciotka. – Ale wy nigdy nie słuchacie! Przez was przez całe życie będę smarkulą!

– Znajdziemy je! – wołała Tosia. – Musi leżeć gdzieś blisko.

Max biegł leśną drogą po śladach traktora. Domyślił się, że te cwane dzieciaki wyczarowały jakiś pojazd. Sprężynowe buty pozwalały mu biec naprawdę szybko, ale nie chroniły przed zmęczeniem.

„Jak zapadnie zmrok, to nie będę widział śladów. Zwieją mi...", pomyślał z rozpaczą. Spojrzał w niebo, żeby sprawdzić, jak wysoko jest słońce. I wtedy zobaczył między konarami drzewa coś czerwonego. Podbiegł bliżej.

Na gałęzi wisiało czerwone krzesło. Miotało się i szarpało, ale nie umiało samo się odczepić. Było w pułapce. Max uśmiechnął się szeroko.

– Zgubili cię, moje malutkie...

Podszedł ostrożnie bliżej. Krzesło zakołysało się rozpaczliwie, jak wisielec.

– Nie potrafisz się urwać, wisienko. Tym razem mi nie uciekniesz!

Wyciągnął z płaszcza skórzany pas. Złapał oparcie wiszącego krzesła i zawiązał na nim supeł. Potem szarpnął i krzesło spadło na drogę. Poderwało się zaraz, wierzgając i ciągnąc Maksa, ale ten był na to przygotowany. Natychmiast zaczepił klamrę o niską gałąź. Krzesło było teraz uwięzione jak pies na łańcuchu. Naprężyło swoją smycz, ale nie zdołało jej zerwać. Znieruchomiało.

Max podszedł ostrożnie. Mocno złapał oparcie i szybko usiadł na czerwonym krześle. Poczuł dziwny dreszcz, jakąś niezwykłą siłę, jaka płynęła z tego przedmiotu.

– Teraz mogę zrobić wszystko – szepnął – wszystko, co zechcę! – Rozparł się wygodnie. – A czego ja chcę?... Pieniędzy? Co ja tu zrobię z workami pieniędzy?... Już wiem! – Wyprostował się. – Chcę dostać diament. Największy i najdroższy diament na ziemi. Ma być wielki i bez skazy. Większy niż wszystkie diamenty świata. Daj mi go!

Nie minęła sekunda, kiedy na szczycie wzgórza coś zaczęło błyszczeć. Coś wielkiego. Max zerwał się. Ogromny, cudowny diament zaczął toczyć się w jego stronę, rzucając oślepiające błyski.

– Rany... Ale gigant!

Popędził w stronę drogocennego kamienia. Diament był wielki jak ciężarówka i cudownie okrągły. Migocząc w słońcu, kamień toczył się coraz szybciej w jego stronę. Huczał jak lawina śniegu spadająca z gór.

Max odskoczył w bok. Olbrzymi diament minął go i potoczył się w dół. Max pędził za nim.

– Stój! Stój!!!

Kamień nabrał wielkiej prędkości. Dotarł do miejsca, gdzie było uwiązane krzesło, i uderzył w trzymający je naprężony pas. Pas przerwał się, a uwolnione krzesło natychmiast uniosło się w górę i odfrunęło. Diament toczył się dalej.

Max nie zwracał na krzesło uwagi. Biegł za drogocennym klejnotem.

Diament dotarł do bagnistej łąki. Odbijając się od drzew jak kula bilardowa, przeleciał kilka metrów i wpadł do mokradła. Powoli zanurzył się w bagnie. Przez chwilę było jeszcze widać, jak błyszczy pod warstwą błota, aż wreszcie całkiem zatonął.

Max dobiegł do bagna. Szedł na sprężynowych butach przez grząską łąkę jak upiorny bocian, ale wkrótce zaczął się zapadać. Zatrzymał się. Wiedział, że nie ma ludzkiej siły, by wyłowić diament. Usiadł w błocie i zaczął rozpaczliwie łkać, jakby był małym dzieckiem. A czerwone krzesło przeleciało wysoko nad jego głową i zniknęło za lasem.

Tośka, Kuki, Filip i mała ciotka pędzili leśną drogą, szukając wszędzie krzesła. Dobiegli do rozwidlenia dróg. Jedna prowadziła na południe, a druga na zachód, wprost w oślepiające zachodzące słońce. Nie było widać śladów traktora. Rozglądali się niepewnie.

– Tędy jechaliśmy – powiedziała Tosia, pokazując drogę na południe.

– Nieprawda! Tamtędy! – krzyknęła ciotka, pokazując drogę na zachód.

Filip się wściekł.

– Niech ciocia przestanie się wreszcie wymądrzać! Mamy tego dosyć. To wszystko twoja wina! Idź, gdzie chcesz, i odczep się od nas! Chodźcie!

Poszli drogą na południe. Mała ciotka patrzyła na odchodzące rodzeństwo ze złością, ale nie ruszyła za nim. Odwróciła się i poszła drogą na zachód.

Kiedy zasłoniły ją krzaki, zatrzymała się i zdjęła buty na wysokim obcasie. Boso od razu poczuła się dużo przyjemniej. Ruszyła energicznie krętą drogą, prowadzącą na wzgórze. Minęła pierwszy zakręt i wtedy zobaczyła je.

Na środku drogi stało czerwone krzesło, zupełnie jakby na nią czekało.

– Znalazłam je. To ja je znalazłam! – szepnęła.

Pobiegła w jego stronę, ale krzesło podskoczyło i pofrunęło. Leciało tuż nad trawą jak ważka. Wylądowało na szczycie zielonego pagórka i już nie uciekało. Czekało. Mała ciotka podeszła powoli i ostrożnie, bojąc się je spłoszyć. Wreszcie usiadła na czerwonym krześle. I poczuła się jak prawdziwa królowa na tronie.

Tośka, Filip i Kuki biegli drogą z drugiej strony wzgórza. Zdyszany Filip zatrzymał się. Zawołał do Tosi:

– Jesteś pewna, że to dobra droga?

– Tak. Ale to krzesło umie chodzić. Mogło poleźć nie wiadomo gdzie!

Filip spojrzał na rodzeństwo.

– Słuchajcie, a jak ciotka znajdzie to krzesło?

– Przecież założyłeś simlocka. Nie może zamienić się w dorosłą.

– Ale może zrobić inne czary. Może nas zamienić w karaluchy albo psią kupę!

Kuki spojrzał na brata przerażony.

– Albo zamieni się w dzieciojada i nas pożre – szepnął. – Albo wyczaruje działo laserowe i nas anihiluje!

– Albo zamieni się w dinozaura!

Rozejrzeli się niepewnie, sprawdzając, czy nie czai się gdzieś tyranozaur o twarzy ciotki.

– Trzeba ją szybko znaleźć, bo...

– Za późno! – Tosia pokazała ręką na wzgórze widoczne między drzewami.

Na szczycie stało krzesło, a na nim siedziała dziewczynka w czarnym płaszczu. Przerażone rodzeństwo skoczyło do rowu, kryjąc się przed wzrokiem ciotki.

Ale ta nie patrzyła w ich stronę. Wygodnie rozparła się na krześle i powiedziała głośno:

– Na początek chcę... Żądam wygodnych butów!

I natychmiast na jej stopach pojawiły się czerwone sandałki z miękkiej skóry. Mała uniosła stopy i mruknęła:

– Mogą być. Teraz chcę parasol od słońca.

I żółty parasol wyrósł z trawy, jak wielki grzyb. Rozłożył się, rzucając łagodny, żółty cień na dziewczynkę i krzesło.

– Bardzo dobrze. A teraz poczekam na tych smarkaczy... A jak przyjdą, to... – Uśmiechnęła się złowieszczo. – Jeszcze nie wiem, co z nimi zrobię. Ale na pewno wymyślę coś strasznego.

„Smarkacze" właśnie szli, a właściwie pełzli w jej stronę. Tosia wychyliła się zza krzaków.

– Uważaj!

Filip wciągnął ją między gałęzie w ostatniej chwili, bo ciotka usłyszała szelest i rozglądała się czujnie.

– Przyjdźcie tu wreszcie, bo mi się nudzi! – zawołała. – Może się nad wami zlituję i wyczaruję wam tylko świńskie ogony.

Kiedy to powiedziała, zrobiło jej się trochę głupio, bo czterdziestoletnia dyrektorka banku nie powinna mówić takich rzeczy. Ale ponieważ coraz bardziej stawała się małą dziewczynką, więc nie mogła się powstrzymać i zawołała:

– Jak was zobaczę, to wyczaruję wam wieczny smród! Albo zmienię was w robaki, które zjadają krowie placki!

Rodzeństwo skuliło się w swojej kryjówce.

– Ostrożnie. Zupełna cisza! – szepnął Filip. – Sytuacja jest skrajnie niebezpieczna!

Dziewczynka na wzgórzu objęła mocno oparcie krzesła. Czuła, że jej wrogowie są blisko.

– Na pewno gdzieś się czają. Chcą mi zabrać krzesło! – wyszeptała, rozglądając się niespokojnie dookoła. – Wiem, że tam jesteście! – krzyknęła. – Nie ukryjecie się przede mną!

Nikt jej nie odpowiedział. Tosia, Filip i Kuki niezmiernie powoli czołgali się w jej stronę. Korzystali z każdej osłony, ale im bliżej szczytu, tym osłon było mniej. Została im jeszcze do pokonania połowa wysokości wzgórza. Było tu niewiele kryjówek.

Filip zatrzymał się.

– Nie możemy iść razem, bo jak wszystkich zamieni w robaki, to będziemy jeść krowie placki do końca życia. Pójdę sam. Jakby co, to mnie ratujcie.

– Nie zgadzam się. Nie idź! – szepnęła Tośka, chwytając brata za rękę.

– No to co zrobimy?

– Poczekajmy do wieczora. Ona w końcu zaśnie. Małe dzieci szybko robią się śpiące.

– A duże głodne! – mruknął Filip, ale posłusznie położył się za osłoną z krzaków bzu.

Słońce powoli zachodziło. Ciotka, siedząca okrakiem na krześle, ziewała. Prawdę mówiąc, mimo że mogła wszystko wyczarować, to nie wiedziała, co dalej robić. Chciało jej się spać. Ale najbardziej doskwierała jej samotność.

– Dobrze! – krzyknęła tak, żeby usłyszało ją rodzeństwo. – Wyczaruję różne rzeczy, tylko dla mnie! Chcę lody. I owoce. Grzanki z serem, pizzę. I kawę!

TRZASK! Na trawie obok krzesła pojawił się krąg, jakby wycięty nożem. Trawiaste koło zaczęło wirować, unosząc się w górę. Po chwili darń zamieniła się w obrus i talerze pełne jedzenia. Były tam owoce, ciasta, ser i inne rzeczy. A także parująca pizza i filiżanka kawy cappuccino. Stół bez nóg unosił się w powietrzu. Mała ciotka spojrzała na niego dumnie i zawołała:

– Zobaczcie, co mam! A wy musicie głodować!

Kuki wysunął głowę zza gałęzi i wdychał zapachy płynące ze wzgórza.

– Wyczarowała zapiekanki i pizzę... – powiedział zazdrośnie. – Pepperoni. Ale pachnie!

– Schowaj się! – szepnęła Tośka. – Bo zmieni cię w widelec!

– Jestem głodny!

– Chowaj się! – Tosia wciągnęła brata za krzaki.

Ciotka zjadła mały kawałek pizzy. Potem spróbowała kawy, ale cappuccino jej nie smakowało. Nie zdawała sobie z tego sprawy, ale coraz bardziej przeistaczała się w małe dziecko, a małe dzieci nie lubią gorzkiej kawy. Nie lubią też być same. Szczególnie gdy zapada zmrok. Dziewczynka spojrzała na ciemniejące niebo i nagle poczuła lęk.

– Nie chcę być sama przez całą noc... Przyjdźcie tu, nic wam nie zrobię!

Ale nikt jej nie odpowiedział. Wtedy wyprostowała się na krześle i zawołała:

– Chcę zobaczyć, gdzie oni są! Chcę ich widzieć. Teraz! Rozkazuję!

FRU! Krzesło gwałtownie poleciało w górę. Frunęło w stronę chmur wraz z ciotką, aż ta zaczęła wrzeszczeć.

– Aaa! To nie był dobry pomysł... Nie tak wysoko! Ratunku!

Krzesło wzleciało na wysokość kilkuset metrów. Było stąd widać całą okolicę. Także dzieci ukryte za krzakami. Ale ciotka już o nich nie myślała. Zamknęła oczy. Kurczowo trzymała się oparcia i szeptała:

– Ja mam lęk wysokości. Niech to krzesło wyląduje na ziemi!

I krzesło natychmiast poleciało w dół. Niestety, poleciało samo, a ciotka pozostała w powietrzu! Otworzyła oczy i zobaczyła, że wisi sto metrów nad ziemią jak mała chmurka. Zaczęła wrzeszczeć ze strachu. Była pewna, że zaraz spadnie. Ale nie spadała. Unosiła się jak balonik.

– Ratunku! Ja chcę wrócić na ziemię. Rozkazuję!

Ale rozkazy już nie działały, bo czerwone krzesło było daleko! Właśnie lądowało na wzgórzu.

Rodzeństwo popędziło do niego. Filip dobiegł pierwszy i natychmiast usiadł na krześle.

Unosząca się w chmurach ciotka krzyczała rozpaczliwie:

– Ratunku! Na pomoc! Nie chcę być tutaj! Ja mam lęk wysokości! Chcę wrócić na ziemię!

Rodzeństwo parsknęło śmiechem. Kuki krzyknął:

– A po co tam leciałaś, ciociu?

– Ściągnijcie mnie! Błagam!

– Lepiej ją tam zostawić – powiedział Filip. – Niech ją wróble rozdziobią!

– Filip, nie wygłupiaj się! Każ jej wrócić – zawołała Tosia – słyszysz?

– No dobra. Spadaj!

– Aaa!

Ciotka poleciała w dół jak zestrzelony samolot.

– Coś ty zrobił!? – krzyknęła przerażona Tosia.

Płaszcz ciotki rozłożył się jak kostium Supermana. Wrzeszcząc ze strachu, leciała w dół i po chwili zniknęła za wzgórzem. Na jej szczęście było tam jezioro.

Rozległo się głośne CHLUP i ciotka wpadła do wody.

Rodzeństwo pobiegło na wysoki brzeg jeziora. Zobaczyli, jak na środku ciotka miota się i rzuca w wodzie.

– Ona nie umie pływać!

Nie mogli jej uratować żadnym czarem, bo ciotka co chwila zanurzała się pod wodą i była niewidoczna. Filip, który zdobył kiedyś mistrzostwo klasy w pływaniu, natychmiast zdarł z siebie bluzę i popędził do jeziora. Tosia i Kuki patrzyli przerażeni, jak ciotka rozpaczliwie walczy o życie. Filip płynął do niej, ale był jeszcze daleko.

– Wyczaruj koło ratunkowe – zawołał Kuki.

Tośka usiadła na krześle i krzyknęła:

– Chcę koło ratunkowe!

Natychmiast z nieba spadło koło ratunkowe, ale niestety wylądowało dość daleko od ciotki, więc Tosia zawołała:

– Chcę dużo kół ratunkowych. Bardzo dużo!

Wtedy zza ich głów wyleciały setki pomarańczowych kół, które wirując, leciały jak kosmiczne statki w stronę jeziora. Było ich naprawdę dużo. Tysiące! Filip właśnie dopłynął do małej ciotki i złapał ją za ramię. Zaczął holować topiącą się dziewczynkę w stronę brzegu. Nie dawał rady, sam zaczynał się topić. Wtedy doleciało do niego pierwsze koło ratunkowe. A potem następne i następne, tworząc wokół Filipa i ciotki wielką pomarańczową wyspę.

Nad brzegiem jeziora stał piękny biały namiot, jaki widuje się czasem w filmach o Afryce. Był duży i miał dwie sypialnie. Wisiały w nich hamaki, a nad nimi muślinowe firanki zwane moskitierą, które zabezpieczały przed owadami. Mała ciotka leżała w hamaku owinięta śpiworem. Kaszlała. Tosia nalała na łyżeczkę syrop pini i podała go cioci. Dziewczynka posłusznie wypiła, marszcząc się trochę. Tosia okryła ją śpiworem i wyszła bez słowa z namiotu.

Dzieci założyły obóz nad brzegiem jeziora. Wyczarowały namiot, trochę ubrań i jedzenia. Rozpaliły też ognisko, przy którym suszyły się rzeczy ciotki i Filipa.

Tosia podeszła do braci, którzy bawili się płonącymi gałęziami, malując w powietrzu ogniste znaki.

– Ona jest przeziębiona. Trzeba tu zostać do rana.

– Przecież jutro musimy być w Kopenhadze – zawołał Filip. – Spóźnimy się!

– Możemy wyczarować ferrari – powiedział Kuki. – Ono jeździ trzysta na godzinę.

Usłyszeli kaszel. Owinięta w śpiwór ciotka wyszła z namiotu i stanęła nieśmiało obok rodzeństwa.

– Czy ja mogę siedzieć z wami? – spytała niepewnie.

Bracia milczeli. W końcu Tosia mruknęła:

– Siedź.

Patrzyli na ciotkę niechętnie, chociaż, prawdę mówiąc, bez czarnego płaszcza i butów na obcasie wyglądała jak zwykła siedmioletnia dziewczynka.

Filip na wszelki wypadek odsunął krzesło, żeby ciotka znowu czegoś nie wyczarowała.

– Nie bójcie się – powiedziała dziewczynka. – Ja... ja już go nigdy nie ukradnę. Przysięgam.

– Lepiej się czujesz... ciociu? – spytał Filip.

– Mhm. Dziękuję, że mnie wyciągnąłeś. Ty świetnie pływasz.

Filip wzruszył ramionami. Nie odpowiedział, ale komplement sprawił mu przyjemność.

– Wiesz co? Jakoś głupio mówić do ciebie „ciociu" – powiedziała Tośka. – Jak cię nazywali, kiedy byłaś mała?

– Jak byłam mała, to mówili do mnie „Wiki".

– Wiki? Dlaczego? Przecież ciocia ma na imię Maryla.

– Nienawidziłam tego imienia. Na drugie miałam Wiktoria. Więc mówili do mnie „Wiki". Możecie tak do mnie mówić?

– OK. Wiki.

Upiekli na kolację ziemniaki w ognisku i kilka zapiekanek. Były trochę przypalone, ale i tak bardzo im smakowały. Zapadł zmierzch, ale im jakoś nie chciało się spać. Usiedli przy ognisku, blisko siebie, a Tosia wyczarowała nowy flet i zaczęła grać. Muzyka niosła się nad ciemną taflą jeziora.

Wiki powiedziała zazdrośnie:

– Dobrze grasz.

– Wcale nie. Moja mama gra dobrze.

– Wiem. Zawsze jej zazdrościłam. Bo ona umiała grać, a ja nie.

Tosia ze zdziwieniem sobie przypomniała, że ta mała dziewczynka jest siostrą jej mamy.

– Jak chcesz, cio... Wiki, to zrobię czar i będziesz umiała grać – powiedziała Tosia. – Chcesz?

Ciotka zerwała się.

– Tak. Chcę!

Tośka usiadła na krześle i powiedziała coś szeptem. Potem obróciła się do ciotki:

– Już... Czujesz jakąś zmianę?

– Nie wiem...

Tośka podała jej flet.

– Spróbuj.

Ciotka niepewnie wzięła instrument. Kiedy go dotknęła, ze zdumieniem poczuła, że dokładnie wie, co należy robić. To było niesamowite uczucie. Zaczęła grać. Melodia na początku trochę jej się myliła, ale potem zabrzmiała naprawdę dobrze.

Po drugiej stronie jeziora stał Max i nadsłuchiwał, próbując wyczuć, skąd biegnie muzyka. Potem popędził na brzeg. Była tam stara łódka, przymocowana do drzewa zardzewiałym łańcuchem. Mężczyzna szarpnął go z całych sił i oderwał. Wskoczył do łodzi i powiosłował w kierunku, skąd dochodziła muzyka.

W tej chwili Wiki przestała grać.

– Nieźle jak na pierwszy raz – pochwaliła ją Tosia – ale musisz dużo ćwiczyć.

Kuki powiedział:

– Pamiętacie? Jak byliśmy mali, to mama nam grała tę piosenkę przed snem.

– Ciekawe, co rodzice teraz robią – szepnęła Tosia. – Myślicie, że martwią się o nas?

– Chyba nie...

Zamilkli na chwilę i spoważnieli. W końcu Filip wstał i powiedział zdecydowanie:

– Chodźmy spać. Jutro musimy wyruszyć wcześnie rano.

Bez słowa poszli do namiotu.

Max przepłynął na drugą stronę jeziora i teraz wiosłował wzdłuż brzegu, wypatrując dzieci. Ale księżyc ukrył się za chmurami i Max widział tylko ciemną ścianę lasu, ledwo widoczną na tle granatowego nieba.

Filip, Tośka i Kuki spali już w hamakach. Tylko mała Wiki nie mogła zasnąć. Tosia nie zdawała sobie nawet sprawy, jak niezwykłą rzecz zrobiła swoim czarem. Gra na jakimś instrumencie to było wielkie marzenie, jakie Wiki nosiła w sobie od zawsze. Dlatego kusiło ją, żeby wziąć flet, wyjść z namiotu i wypróbować nową umiejętność. Ostrożnie wyskoczyła z hamaka i wyjęła instrument z futerału. Odsunęła brezentową płachtę w wejściu i wybiegła. Kiedy wychodziła z namiotu, zadzwoniły metalowe kółka przy masztach. Kuki otworzył oczy i zobaczył, jak Wiki idzie w stronę ogniska. Chciał obudzić Filipa, ale postanowił, że najpierw sprawdzi, co mała ciotka kombinuje. Szybko wyskoczył z hamaka, narzucił bluzę i wysunął głowę z namiotu.

Obok ogniska stało czerwone krzesło. Wiki minęła je i poszła nad jezioro. Kuki skradał się za nią. Dziewczynka obejrzała się, ale chłopiec zdążył się ukryć za kępą jałowców. Ruszyła dalej. Kilkaset kroków od obozowiska zatrzymała się i usiadła na kamieniu, nad brzegiem.

Kuki szybko przebiegł przez krąg światła od ogniska i zaczął się skradać w stronę Wiki. Dziewczynka w księżycowym świetle wyglądała jak leśny elf. Podniosła flet i zaczęła grać. Najpierw grała po cichutku, nieśmiało, a potem zaczęła wydobywać dźwięki coraz pewniej i głośniej. Muzyka niosła się daleko po jeziorze.

Max, który płynął wciąż wzdłuż brzegu, szukając obozowiska dzieci, usłyszał głos fletu. Wyprostował się i nadsłuchiwał. A potem zaczął szybko wiosłować, kierując się tam, skąd dochodził dźwięk. Po chwili ujrzał nikły płomień ogniska i namiot. A potem zobaczył czerwone krzesło.

Tymczasem Kuki ukryty w zaroślach słuchał, jak Wiki gra. Było mu trochę głupio, bo już wiedział, że niesprawiedliwie ją podejrzewał. Wiki nie chciała ukraść krzesła ani zrobić żadnych złych czarów. Po prostu chciała grać. Miał ochotę przeprosić ją za głupie podejrzenia, ale czekał, aż skończy grać. Nagle usłyszał plusk wody.

Max przybił do brzegu i wyskoczył z łodzi. Starał się poruszać bardzo cicho. Pełzł w stronę czerwonego krzesła jak wąż. Miał w ręku starą sieć, którą znalazł w łodzi. Bał się, że ten złośliwy przedmiot znowu mu umknie, ale tym razem krzesło stało nieruchomo. Może ono także spało? Kiedy był od niego o krok, zebrał wszystkie siły i skoczył. Narzucił sieć na krzesło, które zaczęło się miotać i wyrywać, ale Max usiadł na nim okrakiem. Przycisnął je mocno do ziemi i wrzasnął:

– Stój bez ruchu!

Przedmiot wykonał rozkaz i zastygł. Max siedział na znieruchomiałym krześle, ciężko dysząc. A potem zaśmiał się głośno. Teraz był panem magicznego przedmiotu. Na zawsze!

Z namiotu wybiegli Tosia i Filip. Z przerażeniem wpatrywali się w Maksa siedzącego na czerwonym krześle. Zdawało im się, że to senny koszmar. Mężczyzna roześmiał się.

– Teraz mogę z wami zrobić, co tylko zechcę, moje złote dzieciaki. A może naprawdę będziecie złote?...

Filip chwycił za rękę Tośkę i chciał się cofnąć poza zasięg wzroku Maksa. Ale nie zdążył.

– Chcę, żebyście byli ze złota – krzyknął mężczyzna.

Światło księżyca na ułamek sekundy przygasło. Filip i Tośka krzyknęli, ale ich głos urwał się nagle. Zastygli bez ruchu. Kiedy księżyc znowu się wyłonił, ich ciała lśniły złocistym blaskiem. Zmienili się w złote figury o przerażonych twarzach!

Zachwycony Max podbiegł do nich. Stuknął ręką w głowę Filipa.

– Prawdziwe złoto... Najlepsza próba! Jesteście naprawdę piękni. Chociaż chyba was przetopię, bo sztabki łatwiej się szmugluje. – Rozejrzał się. – A gdzie są pozostali? Przecież było ich czworo. Śpią?

Gwałtownie odsłonił płachtę namiotu i wszedł do wnętrza. Ale dzieci tu nie było. Natychmiast wrócił do czerwonego krzesła i usiadł na nim. Rozglądał się czujnie.

– Gdzie wy jesteście? Czekam na was!

Kuki i Wiki stali ukryci w trzcinach, po pas w wodzie. Widzieli straszliwą przemianę rodzeństwa w złote figury. Byli przerażeni i nie wiedzieli, co robić. Kukiemu wydawało się, że cokolwiek zrobią, to i tak skończy się to katastrofą. Max zamieni ich w kawałki zimnego złota. Najbardziej przerażała go myśl, że gdy to się stanie, już nigdy nie będzie mógł biegać.

– Wiki... Masz jakiś pomysł?

– Chyba tak. Musimy się rozdzielić. Ja spróbuję go odciągnąć, a ty musisz dojść do krzesła i wyczarować jakąś pomoc.

– Tylko uważaj... – szepnął Kuki.

– Pewnie...

Wiki pobiegła przez trzciny w stronę lasu. Max usłyszał dźwięk rozpryskiwanej wody i zerwał się. Kuki się skulił, bo mężczyzna zrobił kilka kroków w jego stronę, ale zatrzymał go dźwięk fletu. Wiki grała niedaleko, w lesie. Max obrócił się i nadsłuchiwał.

Zastanawiał się, co zrobić. Nie chciał oddalać się zbytnio od krzesła, ale nie chciał go też zabierać. Prawdę mówiąc, wciąż nie wiedział, jak działa ten dziwny przedmiot, i wolał go nie ruszać. Po namyśle usiadł i cicho coś powiedział.

Kuki wychylił się, żeby zobaczyć, co się stanie. Z mchu wokół krzesła zaczęły się wysuwać metalowe pręty najeżone kolcami. Otoczyły krzesło i Maksa. Mężczyzna wstał, pchnął wąską bramę w ogrodzeniu, wyszedł i zatrzasnął ją za sobą. Przekręcił klucz, który sterczał w masywnym zamku, i zabrał go ze sobą. Z lasu znów nadpłynął dźwięk fletu. Ale Max nie ruszył w tę stronę. Pobiegł wzdłuż brzegu jeziora.

„Chce odciąć jej drogę ucieczki", pomyślał w panice Kuki. Ale na razie nie mógł pomóc Wiki, więc ruszył w stronę krzesła. Po drodze spojrzał na swoje złote rodzeństwo i zadrżał. Wiedział, że ma niewiele czasu, żeby ich ocalić.

Krzesło otaczał stalowy płot. Nie można było nawet dotknąć prętów, bo były najeżone małymi ostrymi kolcami. Na szczęście to więzienie nie miało dachu i Kuki na to właśnie liczył. Krzesło przecież umiało latać! Szepnął błagalnie:

– Chodź do mnie...

Krzesło nie poruszyło się.

– Przyleć tutaj. Proszę!

Nic. Czerwone krzesło nawet nie drgnęło. Max wydał przecież rozkaz, aby stało bez ruchu.

Kuki spróbował się wspiąć na ogrodzenie, ale nie mógł zacisnąć dłoni na kolczastych prętach.

Został mu już tylko jeden sposób. Ukląkł obok ogrodzenia i usiłował wsunąć rękę między pręty. Miejsca było niewiele i kolce raniły mu skórę.

Max tymczasem skradał się do kępy zarośli, skąd dobiegał dźwięk fletu. Domyślał się, że to jakiś podstęp, ale w końcu czego mógł się obawiać ze strony małych dzieci?

Był coraz bliżej źródła dźwięku. Muzyka dochodziła zza krzaków jeżyn. To tam musiały być ukryte te dzieciaki, które z jakichś głupich powodów grały na flecie. Przeszedł po cichu kilka ostatnich kroków i skoczył między kolczaste gałęzie. Nie było tu żadnego dziecka. Na trawie leżał telefon komórkowy, a z niego wydobywał się dźwięk nagranego fletu.

Kuki nie mógł dalej wsunąć ręki. Mimo że był dość chudy, pręty stały zbyt ciasno, a kolce sięgały zbyt daleko. Ramię miał już skaleczone w wielu miejscach. Wtedy usłyszał:

– Ja to zrobię.

Obejrzał się. Za nim stała Wiki.

– Dobrze, że wróciłaś. Bałem się, że cię złapał!

– Coś ty! Złapał tylko mój telefon komórkowy. Odsuń się. – Wiki podciągnęła rękaw i włożyła dłoń między pręty. Rękę miała szczuplejszą i dłuższą niż Kuki. Zręcznie ominęła ostre kolce i dotknęła krzesła. – Myślisz, że to wystarczy, żeby zrobić czar?

– Nie wiem...

Usłyszeli trzask gałęzi. Maks biegł przez las w stronę obozowiska.

– Szybko!

Wiki przycisnęła dłoń do krzesła i krzyknęła:

– Niech ten płot zniknie!

Poczuła, jak krzesło drgnęło pod jej ręką, a stalowe pręty natychmiast schowały się w ziemi.

Kuki przeskoczył je, zanim jeszcze całkiem zniknęły, i usiadł na krześle.

Kroki Maksa było słychać coraz bliżej.

– Wyczaruj psa, żeby nas bronił! – zawołała Wiki.

– Psa? Lepiej coś większego! – powiedział Kuki i wyszeptał jakieś słowa. Po sekundzie rozległ się straszliwy ryk.

– Coś ty wyczarował? – krzyknęła Wiki.

– No, coś większego...

Max znieruchomiał ze zgrozy. Z lasu wyłonił się wielki lew i szedł w jego stronę. Był olbrzymi, większy niż jakikolwiek drapieżnik, który wędrował przez afrykański busz. Mężczyzna nie był w stanie się poruszyć ani wydobyć głosu. Za to głos wydobył lew. Ryknął tak, że z drzew pospadały liście. Max rzucił się do ucieczki. Pędził przez ciernistekrzaki jeżyn, czując na karku oddech dzikiej bestii.

– Ratunku! Zabierzcie go...

Lew w odpowiedzi zaryczał jeszcze straszliwiej. Złapał pazurami płaszcz Maksa i rozdarł go. Mężczyzna biegł dalej, rozpaczliwie machając rękoma. Nie oglądał się, nie myślał i nie miał żadnej nadziei. Pędził jak szaleniec, nie bacząc na przeszkody, przez kolczaste krzaki i rowy. Padał, podnosił się i dalej uciekał. Nawet nie zauważył, że od dawna nie słychać już ryku lwa.

– Czy on na pewno go nie pożre? – spytała zaniepokojona Wiki, wpatrując się w ciemność.

– Nie. Wyczarowałem lwa niezjadającego – powiedział Kuki i zawołał w ciemność: – Wracaj! Do nogi!

Odpowiedziało mu krótkie ryknięcie. Z mroku wyszedł lew i zbliżył się do dzieci, które trochę wystraszone cofnęły się kilka kroków.

– Waruj!

Lew posłusznie usiadł na trawie.

– Dobry kotek – pochwalił go Kuki. Podszedł i podrapał drapieżnika po szyi. – Pilnuj nas do rana.

Lew zamruczał cichutko, jak mruczą szczęśliwe koty, a potem ziewnął, otwierając paszczę z olbrzymimi zębami. I położył się wygodnie obok namiotu.

Poczuli się bezpiecznie. Kuki podszedł teraz do dwóch złotych figur, które jeszcze niedawno były jego rodzeństwem. Usiadł na krześle.

– Bądź ostrożny! – szepnęła Wiki.

– Wiem...

Kuki zastanowił się, co powiedzieć. W końcu powiedział po prostu:

– Chcę, żebyście byli tacy jak przed godziną.

Tym razem czar był cichy i spokojny. Nie było żadnych piorunów i błysków.

Po prostu złote figury zaczęły najpierw poruszać palcami, potem dłońmi i stopami, a w końcu zawirowały w dziwnym tańcu, jakby chciały strząsnąć z siebie ciężki pancerz złotego kruszcu. Z każdym ruchem złoto znikało, a pojawiały się prawdziwe ręce, nogi i twarze. Po chwili zostało tylko trochę złotego pyłu na włosach, ale wkrótce i on znikł. Przed Kukim znów stali prawdziwi Tośka i Filip. Chłopiec odetchnął z ulgą.

Filip podszedł do brata i powiedział:

– Dzięki, Kuki. Byłeś fantastyczny.

Był to pierwszy przypadek w dziejach, kiedy Filip pochwalił młodszego brata. Kuki poczuł się niezwykle dumny. Ale wzruszył tylko ramionami i powiedział obojętnie:

– Nie ma sprawy. To była prościzna. No to co? Możemy chyba iść spać?

Rankiem kazali lwu zniknąć. Rozpuścił się powoli w porannej mgle, spoglądając na nich z lekkim wyrzutem. Było im żal tego dużego kota, ale przecież nie mogli wędrować z lwem. Potem odbyli naradę, co robić dalej. Zostało im osiem godzin, żeby dotrzeć do portu w Kopenhadze. O czwartej Queen Victoria odpływała na drugą stronę oceanu, na Karaiby. Nie mieli pojęcia, co zrobią, jeśli się spóźnią. Po prostu musieli zdążyć. Problem polegał na tym, że Wiki była bardzo chora. Miała gorączkę i kaszlała coraz mocniej. Próbowali wyleczyć ją magicznym sposobem, ale nic nie działało. Choroba była ukryta gdzieś głęboko i nie podlegała magii. Wiki miała dreszcze i trzęsła się z zimna, mimo że była przykryta stosem koców.

– Co robić?

– Może pojedziemy bez niej? – spytał niepewnie Filip.

– Zwariowałeś? – zawołała Tosia. – Chcesz ją tu zostawić samą? Ona ma siedem lat!

– Wyczarujemy jej dom. I stado lwów do pilnowania.

– A jak dostanie zapalenia płuc? Od tego można umrzeć!

– To może wyczarujmy lekarza? – wymyślił Kuki.

Zastanowili się przez chwilę.

– No dobrze. Wyczarujemy tego doktora – powiedziała Tosia. – Ale co potem z nim zrobimy?

– Każemy mu zniknąć – powiedział Kuki.

– To tak, jakbyś go zabił – zawołała Tośka. – Chcesz, żebyśmy byli mordercami? Nie możemy tego zrobić.

– Ale Wiki jest chora. Musimy ją jakoś wyleczyć.

Spojrzeli na dziewczynkę, która leżała skulona pod kocami. Była bardzo blada i co jakiś czas kaszlała suchym męczącym kaszlem. Nie mogli jej zostawić, to było pewne.

Tosia wstała.

– Musimy dostać się do jakiegoś szpitala. Gdzieś, gdzie jest lekarz. On ją zbada i da jej tabletki albo zastrzyk.

– Nie chcę zastrzyku – jęknęła Wiki.

Tym razem czaru dokonała Tosia. Nie żądała superpojazdu ani ferrari. Po prostu poprosiła o „cokolwiek”, co pozwoli im wydostać się z tego pustkowia. A na końcu dodała:

– Tylko proszę, żeby „to coś” było niebieskie.

Niebieski był jej ulubionym kolorem.

Byli ciekawi, co tym razem dostaną. Czekanie na to, co ofiaruje im krzesło, przypominało otwieranie urodzinowych prezentów. Zawsze mogła być cudowna niespodzianka albo wielkie rozczarowanie. Nawet chora ciotka uniosła głowę znad poduszki.

Po chwili usłyszeli szum wody. Tafla jeziora się poruszyła i wynurzyły się z niej cztery konie. Były niebieskie! Jak dżinsy Filipa albo jak oczy Tosi. Błękitne wierzchowce wybiegły na brzeg, otrząsnęły się z wody i pogalopowały wprost do dzieci. Dwa konie były duże, a dwa były małymi kucykami o długich grzywach i mocnych grubych nogach.

– Łał. One są cudne! – zawołała Tośka.

Filip od razu spróbował wsiąść na największego konia. Nie było to wcale łatwe, ale w końcu wdrapał się na siodło. Koń nerwowo podrzucał głowę i uderzał kopytami, jakby chciał jak najszybciej ruszyć w drogę. Tosia owinęła chorą ciotkę śpiworem i pomogła jej wsiąść na kucyka. A potem poklepała swojego niebieskiego wierzchowca po szyi i wskoczyła na siodło. Tylko Kuki stał bez ruchu.

– Właź! No dalej! – krzyknął Filip.

Wtedy Kuki powiedział:

– Chcę, żeby sprawa była jasna. Nie cierpię koni i nigdy na niego nie wsiądę.

– Czego się boisz? – zawołał Filip. – To mały kucyk! Nic ci nie zrobi.

– Tylko mnie zrzuci, a potem stratuje albo pogryzie.

– Przestań kombinować.

– Albo się spłoszy i będzie gnał jak wściekły, a potem nabije mnie na ostrą gałąź albo zrzuci mnie do przepaści, albo...

– Kuki! To jest malutki, milutki konik.

– Jasne. Tylko ma zęby jak rekin. A kopyta jak młot pneumatyczny. Jak mnie przydepnie, to będę miał stopę jak naleśnik.

– Gadasz tak, bo się boisz.

– Dobra. Boję się. I co z tego? Każdy ma prawo się czegoś bać. Ja się boję koni i koniec. Nie wsiądę.

– Wiki jest chora! Nie rozumiesz, że musimy jechać z nią do lekarza? Siadaj.

– Nie.

Ciotka zakaszlała. Zabrzmiało to jak oskarżenie.

Kuki stał bez ruchu.

Wiki zakaszlała ponownie.

Kuki spojrzał na nią, a potem zawołał z wściekłością:

– Dobrze. Pojadę. Ale jak zginę, to zostanę upiorem i będę was straszył do końca życia.

Ruszył w stronę kucyka, jakby szedł na wyrywanie zęba.

– Nie podchodź od tyłu – zawołała Tosia. – Bo naprawdę cię kopnie.

– I tak to zrobi.

Kucyk obrócił głowę i spojrzał na chłopca dużymi łagodnymi oczami. A potem ukląkł na przednich nogach, jakby zapraszając go do wsiadania.

– Dzięki – mruknął ponuro Kuki. – I tak wiem, że zaraz mnie zrzucisz.

Wdrapał się na siodło. Kucyk wstał.

– Jazda – zawołał Filip.

Klepnął niebieskiego rumaka po szyi i ten nagle ruszył. Filip omal nie spadł, bo prawdę mówiąc, nie umiał jeździć konno. Ale utrzymał się w siodle i pogalopował do lasu. Tosia pojechała za bratem. Poruszała się dużo zgrabniej, bo kiedyś chodziła na lekcje jazdy konnej. Kuc, na którym siedziała Wiki, zarżał i pocwałował za rodzeństwem. Tylko kucyk Kukiego stał w miejscu, zupełnie bez ruchu.

– Czuję, że będą kłopoty – mruknął Kuki i zawołał: – Wiśta! Wio! No jedź, ty dręczycielu Kukiego. Ruszaj, leniwy mule!

Kucyk podniósł głowę i spojrzał na chłopca jakby z wyrzutem.

– Przepraszam, nie chciałem tego powiedzieć. Jedź, śliczny koniku! Proszę!

Wtedy kucyk wreszcie ruszył. Najpierw powoli, a potem coraz szybciej.

– Ej! Nie przesadzaj! Nie tak szybko! Ja nie jestem kowbojem! Wolniej, bo się spocisz! Stój!

Kuc galopował przez las, aż dogonił pozostałe konie, i od tej chwili błękitne stado pędziło razem.

Jazda na koniach nie była wcale łatwa. Dzieci były obolałe od nieustannego podskakiwania w siodle i miały poobcierane uda. Najlepiej radziła sobie Tosia, która potrafiła anglezować, czyli unosić się i opadać w rytm jazdy. Kuki najpierw ściskał szyję kucyka z całych sił i krzyczał przy każdym podskoku, ale potem jakoś zapomniał o strachu. Wyprostował się i ze zdziwieniem poczuł, że jazda sprawia mu przyjemność. Natomiast Wiki wyglądała bardzo źle. Jechała bez słowa, oparta o szyję kucyka.

Niebieskie konie same kierowały wędrówką. Kiedy Filip próbował skręcić na południe, nie dawały się zawrócić i uporczywie jechały na zachód. Po godzinie galopowania przez las wyjechali wreszcie na drogę, a po chwili zobaczyli niewielkie miasteczko z kolorowymi domami. Na skraju miasta stał duży budynek z czerwonych cegieł.

– Musimy tu zostawić konie – powiedział Filip.

– Dlaczego?

– Bo są niebieskie. Przecież takich koni nie ma. Od razu będzie sensacja.

– Nie chcę, żeby one zniknęły – powiedział Kuki.

– Spodobała ci się twoja bestia?

– Jest OK. Fajny kucyk. Nawet dobrze się jeździ... Nie chcę go anihilować.

– Możemy je wypuścić – powiedziała Tosia. – Tu jest dużo miejsca i trawy. Nikt nie będzie im przeszkadzać. A jak ktoś je znajdzie, to pomyśli, że odkrył nowy gatunek.

Zdjęli siodła i wypuścili konie, które pogalopowały w stronę lasu. Kucyk Kukiego czekał najdłużej i patrzył ze smutkiem, jak chłopiec odchodzi.

Tośka i Kuki pomagali iść chorej ciotce. Filip dźwigał krzesło. Mogło pójść samo, ale Filip nie wypuszczał go z rąk. Przecież chodzące krzesło wywołałoby jeszcze większą sensację niż niebieskie konie. Weszli do miasteczka i rozglądali się za kimś, kogo mogliby spytać o lekarza. Nagle Filip zawołał:

– Zobaczcie! Przecież to jest szpital.

Na ceglanym budynku stojącym tuż przed nimi wisiała tabliczka z napisem: „Szpital Dziecięcy". Widocznie błękitne konie dobrze wiedziały, dokąd jechać.

– Tylko pamiętajcie – zachrypiała Wiki – ja nie chcę żadnych zastrzyków...

– A krzesło? – spytała Tosia. – Będą pytać, czemu je nosimy.

– Niech Wiki na nim siada. Powiemy, że ją nieśliśmy, bo była w kiepskim stanie. Tylko uważaj, co mówisz, ciociu.

Przyjęła ich miła lekarka, która miała włosy zaplecione w warkocze, jak mała dziewczynka. Zbadała zaraz Wiki.

– Oddychaj! Głębiej. Jeszcze raz. Wystarczy. Ubieraj się.

Lekarka odłożyła stetoskop.

– To silna angina. Dam jej antybiotyk i lekarstwo na ból gardła. Za kilka dni wszystko będzie dobrze.

Uśmiechnęła się do Wiki.

– Ile masz lat?

– W grudniu skończę czterdzieści.

– Słucham?

– Ona ma siedem lat! – zawołała Tosia.

– To wasza siostra?

– Właściwie tak.

– A dlaczego nie przyszliście z rodzicami?

– Oni… Oni wyjechali.

Lekarka przyglądała im się podejrzliwie. Filip wstał.

– Niech pani nam da to lekarstwo i my już pójdziemy.

– Ona nie może teraz nigdzie iść – odpowiedziała lekarka. – Zatrzymam ją w szpitalu. Zadzwońcie do rodziców, żeby po nią przyjechali.

Lekarka wzięła za rękę Wiki, która posłała rodzeństwu bezradne spojrzenie, i wyszły z gabinetu.

– Co robimy? – szepnął Kuki.

– Mamy dwie możliwości – powiedziała Tosia. – Albo zostawimy tu Wiki, albo poczekamy, aż dostanie lekarstwo, i weźmiemy ją ze sobą.

– Jeśli ją zabierzemy, może bardziej zachorować.

– Jeśli ją zostawimy, to może wygadać.

– Co?

– Wszystko. Powie im o krześle i o tym, że jest zmutowaną ciotką.

– Wiki nic nie powie – zawołał Kuki.

– Skąd wiesz? – zawołała Tosia. – Przecież ona jest mała i w dodatku ma gorączkę.

– I co z tego, że powie? – spytał Filip.

– Zaczną nas ścigać, żeby zabrać krzesło. Czy wy nie rozumiecie, że to krzesło jest niebezpieczne? Nikt nie pozwoli, żebyśmy mieli takie coś. Będą je chcieli zamknąć w kasie pancernej, żeby nie robiło problemów. A jak telewizja o tym nagada, to każdy będzie chciał je mieć. Będą nas ścigać policja, bandyci, terroryści. Wszyscy.

– Może znów jej zmienimy język?

– Nie – zaprotestował Kuki. – Wiki jest chora. Nie chcę, żeby się męczyła!

Zanim coś wymyślili, wróciła lekarka.

– Dostała lekarstwo i poszła spać. Dodzwoniliście się do rodziców?

– Nie odbierają telefonu – skłamał Filip.

– To trochę dziwne, że rodzice zostawili was bez opieki. Dziś mamy same niezwykłe przypadki. Rano przybiegł człowiek, który mówił, że goni go lew!

Rodzeństwo zerwało się.

– Lew?!

– Tak. Uciekał całą noc. Był w skrajnej histerii. Nie można mu było wytłumaczyć, że u nas nie ma lwów. Musiałam mu dać mocne leki na uspokojenie.

– On tu jest!?

– Tak. Śpi.

Rodzeństwo spojrzało na siebie przerażone. Na szczęście lekarkę zawołano do jakiegoś pacjenta i wyszła. Filip zerwał się.

– Max jest tutaj! Musimy zabrać Wiki i uciekać stąd. Szybko!

Wybiegli na korytarz.

– Gdzie ona może być?

– Chyba tam.

Pobiegli korytarzem, zaglądając do sal. W końcu znaleźli pokój, gdzie leżała Wiki. Na szczęście była sama. Spała.

– Nie budźcie jej – zawołała Tosia. – Bierzemy lekarstwa. I łóżko!

– Zwariowałaś?

– Nie. Mam świetny pomysł.

Tośka zaczęła ciągnąć łóżko w stronę drzwi. Na szczęście miało kółka, więc było to łatwe. Kuki wyjrzał na korytarz. Nikogo tam nie było.

– Szybko!

Przebiegli błyskawicznie pusty korytarz, pchając łóżko w stronę wyjścia. Nagle otworzyły się drzwi na końcu korytarza i zobaczyli Maksa.

Patrzył na nich półprzytomnym wzrokiem, jakby byli duchami. Rodzeństwo popędziło do wyjścia. Z gabinetu wyjrzała lekarka.

– Co wy robicie? – krzyknęła. – Zostawcie to łóżko!

Pobiegła za nimi. Ale Max ją wyprzedził. Pędził, sadząc wielkie susy. Rodzeństwo w ostatniej chwili uciekło do ogrodu. Filip zatrzasnął drzwi. Mieli szczęście, bo w zamku tkwił klucz. Chłopak błyskawicznie go przekręcił. Po chwili usłyszeli szarpanie klamki i krzyki: „Otwierajcie!".

– Co chcesz zrobić? – spytał Tośkę zdyszany Kuki.

– Pojedziemy tym łóżkiem. Przerobimy je na wyścigówkę. Wiki będzie mogła spokojnie chorować, a my dojedziemy na czas.

– To jest głupie! – zaprotestował Filip. – Lepiej wyczarować karetkę pogotowia.

– Nie rozumiesz, że jak będziemy jechać samochodem, to na sto procent nas złapią?

– Kto?

– Policja. Nikt się nie zgodzi, żeby dzieci same prowadziły karetkę.

– Jak będziemy jechać kretyńskim łóżkiem, to nas wezmą za psycholi i też aresztują.

– Wcale nie. Kiedyś był konkurs głupich pojazdów. Ludzie jeździli w wannach i nikt ich nie aresztował.

W tej chwili drzwi otworzyły się z trzaskiem i stanął w nich Max.

– Wsiadajcie – krzyknęła Tośka. – Szybko!

Wskoczyli na łóżko. Tosia postawiła na środku krzesło i błyskawicznie na nim usiadła. Krzyknęła:

– Kierunek: port w Kopenhadze. Jazda!

I wtedy się zaczęło.

TRZASK! Łóżko wystrzeliło do przodu jak rakieta. Jechało tak szybko, że dzieci musiały schować się pod kołdrę, żeby wiatr nie zrzucił ich na drogę. Nie miało prędkościomierza, ale na pewno łamali wszelkie przepisy.

Młody chłopak jadący ulicą na szybkim motocyklu zahamował i patrzył zdumiony na łóżko, które wyprzedziło go z prędkością błyskawicy. Ale po chwili zobaczył coś jeszcze bardziej zdumiewającego. Ulicą biegł wysoki łysy mężczyzna. Na ramionach miał podarty płaszcz. Pędził i krzyczał coś niezrozumiałego. Kiedy dobiegł do gapiącego się motocyklisty, nagle się zatrzymał, a potem jednym uderzeniem zrzucił go z pojazdu. Zanim ten wstał, Max siedział już na siodełku, potężny silnik ryknął i motocykl popędził drogą.

Łóżko jechało z coraz większą prędkością. Dzieci leżały pod kołdrą, przytulone do siebie, z całych sił trzymając się oparcia. Łóżkiem nie można było kierować – ono samo sobą kierowało. Po prostu miało jakiegoś autopilota, który prowadził je z niesłychaną precyzją.

Kiedy wyjechali na autostradę, słońce schowało się za mgłą, która przesłoniła drogę. Samochody włączyły światła przeciwmgielne i trąbiąc ostrzegawczo, jechały powoli w mlecznym oparze. Tylko dziwny pojazd dzieci mknął szybko. Sunął po cichu, jak duch. Kierując się wewnętrznym radarem, omijał wszelkie przeszkody. Równie szybko pędził czarny motocykl. Otulony mgłą gnał jak niewidzialny straceniec. Lecz łóżko jechało jeszcze szybciej. Innym kierowcom zdawało się dziwną fatamorganą, która na moment pojawiała się obok nich i natychmiast rozpływała we mgle. Dziwny pojazd przyspieszał coraz bardziej, unosząc się ponad drogą.

Pędzili tak przez trzy godziny. Kołysanie pojazdu i ciemność pod kołdrą uśpiły podróżników. Najpierw usnęli Wiki i Kuki, a potem także Filip i Tosia.

Nawet nie zauważyli, jak przebyli prawie tysiąc kilometrów. Obudziła ich dopiero nagła cisza i bezruch. Łóżko zatrzymało się. Pierwsza spod kołdry wysunęła głowę zaspana Tosia. Mrugając oczami, rozejrzała się trochę nieprzytomnie.

Mgła opadła i świeciło znów słońce. Przed nimi było morze. Szeroki bulwar z kawiarniami i sklepami ciągnął się wzdłuż wybrzeża. Spod kołdry wychyliły się rozczochrane głowy Filipa i Kukiego, a potem małej Wiki.

– Gdzie my jesteśmy? To jest ta Kopenhaga?

– Poczekajcie. – Tosia wyszła z łóżka i podbiegła do dziewczyny, która siedziała na ławce.

– *Do you speak English?* – spytała trochę niepewnie Tosia.

Dziewczyna uśmiechnęła się.

– *Yes, I do... Can I help you?*

Tosia skupiła się.

– *Is it Copenhagen?*

– *Copenhagen? Yes. It's absolutely true Copenhagen!* – Dziewczyna ze śmiechem wskazała na posążek syreny siedzącej na kamieniu sterczącym z morza. Tośka popędziła do rodzeństwa, krzycząc:

– Udało się! Jesteśmy w Kopenhadze!

Wędrowali kamiennym nabrzeżem portu, obok wielkich statków wyładowanych kontenerami. Jednak nigdzie nie było Queen Victorii.

– Może już odpłynęła?

– Ej. Czego szukacie, trolle?

Obrócili się. W oknie holownika stał marynarz w granatowym mundurze. Uśmiechał się do nich.

– Zgubiliście się?

– Pan mówi po polsku?

– No, trochę... Moja żona jest z Polski. A czego szukacie?

– Takiego wielkiego statku pasażerskiego. Nazywa się Queen Victoria.

– Nie ma go jeszcze. Spóźni się, bo na morzu była mgła. Przypłynie o czwartej i zostanie tylko przez dwie godziny.

– Dzięki!

– Zaczekajcie – zatrzymał ich marynarz. – Statki pasażerskie przybijają do nabrzeża Langelinie. To jest tam, gdzie latarnia morska. Widzicie?

– Tak. Dziękujemy.

Mieli jeszcze cztery godziny do przybycia rodziców. Wyczarowali trochę pieniędzy i weszli do małego baru. Tosia i Wiki zamówiły smażoną rybę i frytki, Kuki miał alergię na ryby, więc poprosił o naleśniki, a Filip postanowił zjeść wędzoną ośmiornicę. Wyglądała obrzydliwie, ale Filip udawał, że mu smakuje. Siedzieli, spoglądając od czasu do czasu na zegar. Byli zdenerwowani. Wiedzieli, że gdzieś niedaleko są ich rodzice i z każdą chwilą zbliżają się do nich. Tęsknili za nimi i bardzo chcieli ich zobaczyć, ale z drugiej strony dobrze wiedzieli, że to nie są „prawdziwi" rodzice. Wciąż pamiętali, jak wyrzucili ich i nie chcieli się nawet z nimi pożegnać. Wiedzieli, że najpierw muszą zdjąć z rodziców to straszliwe zaklęcie. Wyleczyć ich ze złości i obojętności i nie byli wcale pewni, czy to się uda. Czy rodzice będą tacy jak dawniej? Czy znowu będą ich kochać? Czy w ogóle można kogoś zmusić do miłości, nawet za pomocą magii? Byli coraz bardziej niespokojni.

– A jak się nie uda? – spytał cicho Kuki. – Może oni nie będą już nigdy chcieli z nami mieszkać. Ciągle będą gdzieś wyjeżdżać i nigdy do nas nie wrócą?

– Przestań gadać takie rzeczy – krzyknął Filip.

– Ale...

– Zamknij się, słyszysz?

– Słuchajcie, nie możemy tak siedzieć i się kłócić – powiedziała Tosia. – Mamy cztery godziny. Chodźmy gdzieś.

– Dokąd?

– Nie wiem...

– W Danii jest takie miasteczko z klocków lego. Możemy tam iść – powiedział Kuki.

– Legoland jest daleko. Trzeba jechać pociągiem.

– Skąd wiesz?

Filip pokazał reklamówkę leżącą na stole.

– Ale możemy iść do Tivoli.

– Co to jest?

– Park rozrywki, coś takiego jak Disneyland.

Obrócił ulotkę na drugą stronę, gdzie było widać park z karuzelami i kolejkami.

– Idziemy?

– A jak spóźnimy się do portu? – zaniepokoił się Kuki.

– To jest blisko. A my mamy dużo czasu.

Park rozrywki Tivoli był ogromny. Kiedy przekroczyli kolorową bramę, znaleźli się wśród wielkiego tłumu dzieci i dorosłych. Dookoła wirowały karuzele, pędziły roller-coastery, a elektryczne samochody ścigały się po krętych torach. Zewsząd dobiegały śmiechy i krzyki. Szybko kupili karnety, które pozwalały korzystać ze wszystkich atrakcji przez cały dzień. Najpierw poszli do Wesołego Zakątka, gdzie stała największa karuzela na świecie, zwana Kosmicznym Biegaczem. Gondole z fotelami były wciągane na słup wysoki jak wieżowiec, a potem zaczynały wirować z niesamowitą prędkością. Czasem obracały się do góry nogami albo gwałtownie spadały w dół. Wyglądało to niesamowicie.

– To jest super. Idziemy! – krzyknął Filip.

– Nie możemy iść wszyscy – zatrzymała ich Tosia.

– Dlaczego?

– Bo ktoś musi pilnować krzesła.

– No to my jedziemy pierwsi, a potem Kuki i ciotka – zdecydował Filip.

– Dlaczego wy macie być pierwsi? – rozzłościł się Kuki.

– Bo jesteśmy starsi.

– To ja jestem najstarsza – zaprotestowała ciotka.

– Ale najmniejsza. Chodź, Tosia.

– Pilnujcie krzesła!

Kuki i Wiki z zazdrością patrzyli, jak Filip i Tosia zajmują miejsca w fotelach, a potem wjeżdżają na szczyt wieży. Po chwili wieża zaczęła się obracać. Chyba żadna karuzela na świecie nie wirowała z taką prędkością. Jednocześnie krzesełka obracały się wokół osi i pasażerowie co jakiś czas wisieli głowami w dół. Wszyscy krzyczeli.

– Będą jeździć pół godziny, a my musimy się nudzić – mruknął Kuki.

– Wcale nie mam ochoty tym jeździć – powiedziała Wiki.

– Ja właściwie też. Nie lubię, jak mi się kręci w głowie.

– Tam jest fajna zjeżdżalnia.

Wiki wskazała na wielką zjeżdżalnię z falami.

– Chodźmy tam!

– A krzesło? Co zrobimy z krzesłem?

– Już wiem – powiedziała Wiki. – Możesz zaczarować, żeby było niewidzialne. Wtedy nikt go nie znajdzie.

– A jak my je znajdziemy?

– Ale ty jesteś głupi. Przecież my będziemy wiedzieć, gdzie ono stoi. Zapamiętamy miejsce.

Kuki chwilę się wahał. Spojrzał jeszcze raz na rodzeństwo wirujące na Kosmicznym Biegaczu.

– Dobra.

Usiadł na krześle i powiedział:

– Bądź niewidzialne.

Krzesło natychmiast zniknęło. Przechodzący ludzie ze zdziwieniem spoglądali na chłopca, który siedział zawieszony w powietrzu. Kuki zerwał się i złapał oparcie niewidzialnego krzesła.

– Gdzie je schowamy?

– Za kioskiem z pamiątkami.

Pobiegli za żółtą budkę, w której sprzedawano bilety i pamiątki. Postawili niewidzialne krzesło z tyłu kiosku.

– Musimy tylko zapamiętać, że na tej budce jest napisane „Tivoli" i że jest żółta – powiedziała Wiki.

Kuki szepnął do niewidzianego krzesła:

– Tylko nigdzie nie odchodź, rozumiesz?

I pobiegł z Wiki na zjeżdżalnię.

Nazywała się Tajfun, była długa na sto metrów i pofalowana jak prawdziwy ocean. Zjeżdżało się w nadmuchiwanych kołach, które podskakiwały i szybko sunęły w dół. Na końcu lądowało się w wodzie. Wiki krzyczała i śmiała się jak szalona. Kuki był trochę zdziwiony, bo nigdy nie widział, żeby „dawna" dorosła ciocia się śmiała. Zjechali osiem razy, a potem poszli ścigać się na gokartach. W czasie pierwszych trzech wyścigów ciotka była szybsza. Czwarty Kuki wygrał i nie chciał już ryzykować przegranej, więc pobiegli na roller-coaster. Wózki najpierw wjechały na szczyt metalowej konstrukcji, żeby gwałtownie stoczyć się w dół i jeździć z szaloną prędkością. Kuki i ciotka wrzeszczeli. A w najbardziej niebezpiecznym momencie Wiki chwyciła Kukiego za rękę i trzymała go z całych sił.

Tymczasem Filip i Tosia zeszli właśnie z Kosmicznego Biegacza. Byli zupełnie wykończeni. Od wirowania i wiszenia do góry nogami kręciło im się w głowie. Podeszli do ławki, przy której mieli czekać Kuki i ciotka. Nikogo tu nie było.

– Gdzie oni są? – krzyknął Filip.

– Może poszli kupić coś do picia?

– A krzesło?

– Nie wiem...

– Szukamy ich?

– Nie. Musimy tu czekać, bo się pogubimy.

Tymczasem Kuki kompletnie zapomniał, że rodzeństwo na niego czeka. Odkryli z Wiki nową atrakcję o nazwie Zwariowany Kangur. Na wielkiej gumowej arenie ludzie skakali, odbijając się na wysokość dwóch pięter. Można było lądować na nogi albo na siedzeniu, jak kto chciał. Kuki i mała ciotka odbijali się jak zwariowane piłki, trzymając się za ręce. Śmiali się tak, że prawie nie mogli oddychać.

Filip i Tosia byli coraz bardziej niespokojni. Filip wstał z ławki.

– Zaraz będzie czwarta. Musimy ich znaleźć!

– A jeżeli oni tu wrócą?

– Szkoda, że nie wyczarowaliśmy telefonów komórkowych dla każdego.

Filip napisał na bilecie: „Kuki! Jak wrócicie, to czekajcie", i przylepił go do ławki gumą do żucia.

– Chodź!

Tymczasem Kuki i Wiki, zdyszani i rozbawieni, wyszli właśnie ze Zwariowanego Kangura.

– Gdzie teraz idziemy?

Zanim Kuki odpowiedział, usłyszeli bicie zegara. Kuki i Wiki krzyknęli jednocześnie.

– Czwarta!

– Musimy wracać!

Popędzili alejką między karuzelami.

– Pamiętasz, gdzie schowaliśmy krzesło?

– Pewnie, że pamiętam. Żółty kiosk, na którym było napisane „Tivoli”...

– Widzę go. Jest tam!

– Ale tam też jest...

Byli na skrzyżowaniu dwóch alejek. Przy każdej stała żółta budka z napisem „Tivoli”. Dalej były następne.

– Wiki! Ich tu jest pełno! Te przeklęte budki stoją wszędzie! Jak my poznamy naszą?

– Musimy sprawdzić wszystkie...

Okrążali każdy kiosk, machając rękoma w powietrzu, żeby wyczuć niewidzialne krzesło. Nigdzie go nie było.

W końcu Kuki usiadł na trawie i ukrył twarz w dłoniach. Był kompletnie załamany.

– Przeze mnie rodzice do nas nie wrócą. Nigdy! Filip mnie zabije, i dobrze. Bo to jest moja wina!

Wiki usiadła obok chłopca.

– Nie martw się. Jeszcze możemy je znaleźć.

– Jak? Przecież nigdzie go nie ma. Nigdy go nie znajdziemy. To moja wina...

Tymczasem w żółtej kasie stojącej na końcu Tivoli siwy sprzedawca wywiesił kartkę z napisem: „PRZERWA OBIADOWA". Zamknął starannie drzwi i ruszył w stronę stołówki. Nagle potknął się, krzycząc:

– Ała!

Chwycił się za kolano i zaczął je rozcierać. Potem rozejrzał się zdziwiony. Nic przed nim nie stało. Chciał iść dalej, ale zaraz znów się potknął i przewrócił. Nie upadł na ziemię. Zatrzymał się na czymś, czego nie było widać. Miał wrażenie, że siedzi na krześle. Niewidzialnym krześle!

– Co to za diabelstwo? – szepnął wystraszony. – Zwariowałem czy co?... Na czym ja siedzę?...

Tak się przeraził, że nie miał odwagi się poruszyć. Jedynie uniósł się nieco i zerknął w dół. Nic pod nim nie było. Siedział na powietrzu!

– Ja chyba zwariowałem... – szepnął przerażony mężczyzna. – Wiedziałem, że od roboty w tym lunaparku kiedyś zwariuję... – jęczał. – Nienawidzę tej głupiej pracy... Najlepiej, żeby wyłączyli prąd i to przeklęte wesołe miasteczko wreszcie przestało działać!

W tej sekundzie po drutach trakcji elektrycznej przeleciała iskra. Przewody rozjarzyły się i pękły. I natychmiast zgasły lampy w całym parku rozrywki, a wszystkie karuzele, roller-coastery i elektryczne samochody stanęły w miejscu. Muzyka przestała grać i zapadła kompletna cisza. Słynne Tivoli przestało działać.

Ludzie najpierw zamilkli, a potem zaczęli krzyczeć w panice. Szczególnie ci, co zostali uwięzieni w karuzelach i diabelskich młynach. Najgłośniej wrzeszczeli nieszczęśnicy wiszący głowami w dół na Kosmicznym Biegaczu.

Tosia i Filip zatrzymali się.

– To oni! – krzyknął chłopak. – Musieli zrobić jakiś głupi czar i...

– Tam są! – Tosia wskazała na plac, gdzie stali Kuki i Wiki.

Popędzili do nich.

– Co wyście zrobili? – krzyczał Filip.

– To nie my! – zawołał Kuki.

– Gdzie jest krzesło?

– Nie wiemy.

– Jak to nie wiecie? Kuki, mów, co z nim zrobiłeś!

– Zmieniłem je w niewidzialne.

– Po co!?

– Żeby... Żeby nikt go nie ukradł i teraz nie możemy go znaleźć – powiedział Kuki, patrząc ze strachem na brata.

– Ty kretynie! – krzyknął Filip.

– Zostaw go. Musimy znaleźć to krzesło, zanim statek odpłynie.

Tymczasem w wesołym miasteczku narastała panika. Obsługa próbowała naprawić awarię i uwolnić ludzi uwięzionych w karuzelach. Słychać było syreny straży pożarnej. Siwowłosy kasjer, który nieopatrznie wywołał całe zamieszanie, biegł, trzymając w rękach niewidzialne krzesło. Zatrzymał się obok człowieka w czarnej marynarce, krzyczącego coś do telefonu komórkowego.

– Panie dyrektorze!... – zawołał kasjer. – Niech pan zobaczy!

Dyrektor obrócił się.

– Co? Czego chcesz?

Kasjer wysunął puste ręce.

– Niech pan dotknie. To coś jest niewidzialne, niech pan tylko dotknie! To jakieś diabelstwo.

– Człowieku, daj mi święty spokój. Nie widzisz, co się dzieje? Idź ratować klientów!

Dyrektor popędził w stronę samochodów straży pożarnej, które właśnie wjechały do parku. Kasjer, z niewidzialnym krzesłem w rękach, stał bez ruchu, potrącany przez biegnących ludzi. W końcu rzucił niewidzialny przedmiot najdalej, jak potrafił, i uciekł.

Tośka i reszta dzieci biegły alejką, przedzierając się przez tłum uciekających w panice ludzi.

– Nigdy go nie znajdziemy! – wołała Tosia. – Jak mamy znaleźć coś, czego nie widać?

Bezradnie usiedli na ławce, obok małego zoo. Kuki stanął kilka kroków dalej i nie miał odwagi podejść do rodzeństwa. Nagle Wiki krzyknęła:

– Zobaczcie!

Na wybiegu z pingwinami jeden z ptaków wisiał w powietrzu. Nie ruszał się i nie spadał, jakby stał na czymś niewidzialnym.

– Tam jest krzesło! Na pewno!

– Ja wejdę! Znam się na zwierzętach.

Tośka przeskoczyła niewysokie ogrodzenie i ruszyła w stronę „wiszącego w powietrzu" pingwina. Wyciągnęła rękę i wyczuła oparcie krzesła.

– Jest!

Ptak na niewidzialnym krześle spojrzał z zaciekawieniem na dziewczynkę. Jednak nie miał ochoty zejść. Co gorsza, inne pingwiny zaczęły okrążać Tosię. Czarno-białe ptaki wyglądały jak stado groźnych ochroniarzy w mundurach. Kołysząc się i wydając piskliwe dźwięki, zbliżały się coraz bardziej do dziewczynki. Otaczały ją.

– Tylko spokojnie... Ja chcę tylko zabrać moje krzesło i zaraz idę. Złaź, mój mały.

Pingwin się nie poruszył. Tośka rozejrzała się. W plastikowej misce leżały ryby, które ktoś przyniósł ptakom na kolację. Tosia pobiegła i wyjęła małego śledzia.

– Ej. Mały. Obiadek!

Pomachała rybą. Ptak otworzył dziób i pochylił się w stronę ręki Tosi. Ta cofnęła się i pingwin zeskoczył z niewidzialnego krzesła. Dziewczynka rzuciła mu rybę, chwyciła krzesło i popędziła do płotu. Pingwiny ruszyły za nią, machając skrzydłami, jednak nie robiły jej nic złego. Tosia podała Filipowi krzesło i szybko przeskoczyła ogrodzenie.

– Idziemy!

– Czekaj. Trzeba odwołać ten czar.

Filip usiadł na niewidzialnym krześle. Wyszeptał kilka słów i prąd zaczął znów płynąć. Zapaliły się lampy, a karuzele zaczęły znowu krążyć.

Jednocześnie pod chłopcem pojawiła się smuga czerwonego koloru, która powoli zmieniła się w krzesło.

– Witaj w świecie widzialnych – powiedział Filip i popędzili do wyjścia.

Przy kamiennym nabrzeżu portu Langelinie cumowało kilka statków pasażerskich, lecz nigdzie nie było widać Queen Victorii. Dzieci biegły, przeciskając się między turystami i straganami sprzedawców pamiątek. Rodzeństwo było coraz bardziej niespokojne, bo na zegarze wybiła właśnie godzina szósta. Dobiegli do latarni morskiej, na sam koniec mola.

I wtedy ją zobaczyli.

Wielka, majestatyczna Queen Victoria właśnie odpłynęła. Była sto metrów od brzegu i oddalała się w stronę pełnego morza. Widać było jeszcze pasażerów w oknach i słychać orkiestrę grającą na pokładzie.

– Spóźniliśmy się! – szepnęła zrozpaczona Tośka. – To już naprawdę koniec...

Bezradnie usiadła na kamiennym nabrzeżu. Filip ze złością kopnął żelazną barierkę. Milczeli.

Statek z ich rodzicami oddalał się, a dźwięk orkiestry cichł, zagłuszany krzykiem mew latających nad wodą.

Wiki podeszła do rodzeństwa.

– Tosia... Dlaczego nie zrobicie jakiegoś czaru? Przecież ten statek jeszcze widać. Zróbcie coś!

– A co możemy teraz zrobić?

– Po prostu powiedzcie, że chcecie być na tym statku. Spróbujcie!

Filip niechętnie wstał. Ustawił krzesło i usiadł.

– A jak ono nas wystrzeli zbyt mocno i wylądujemy na Księżycu jako zamarznięte mumie? – szepnął Kuki.

– Mogę sam polecieć – powiedział Filip.

– Nie. Lecimy wszyscy!

Filip wyprostował się i wpatrując się w statek, powiedział:

– Chcemy wejść na ten statek... Chcemy tam być! Teraz!

Czekali, aż jakaś siła wyrzuci ich w górę albo porwie ich tajfun i pofruną ponad morzem, ale nic takiego się nie zdarzyło. Aż nagle w latarni morskiej zapalił się reflektor. Silny snop światła uderzył prosto w statek. Rozległ się dziwny dźwięk i promień światła zaczął wirować. Nagle zatrzymał się. Zastygł jak lód lub szkło. Przeistoczył się w długi na setki metrów most. Był on wygięty w łuk i sięgał od nabrzeża do statku, rosnąc wraz z oddalaniem się Queen Victorii. Most był zawieszony w powietrzu i kołysał się lekko na wietrze.

– Chodźcie! – krzyknął Filip. – Szybko!

Wspięli się krętymi schodami na szczyt latarni, gdzie zaczynał się most. Filip wysunął stopę i ostrożnie dotknął przeźroczystej jak szkło powierzchni. Uderzył mocniej. Most się nie załamał, ale zadrżał, wydając brzęczący dźwięk.

– Idziemy.

Filip wszedł pierwszy na świetlny most. Szedł bardzo powoli, bo most był wąski jak ludzka dłoń i nie miał poręczy. Poniżej kłębiło się morze. Chłopiec trzymał przed sobą czerwone krzesło, balansując nim jak cyrkowiec idący na linie. Za Filipem szła Tosia, potem Kuki, szepczący:

– Czuję, że będą kłopoty!

Na końcu weszła na most mała Wiki. Cała się trzęsła ze strachu, bo miała lęk wysokości. Nienawidziła tego mostu, ale szła naprzód.

– Idźcie szybko! Nie patrzcie w dół – zawołał Filip.

Szli w milczeniu w stronę statku.

Do portu wjechał czarny motocykl. Zatrzymał się gwałtownie. Max patrzył oniemiały na dzieci idące po smudze światła. Rzucił motocykl i wspiął się na latarnię. A potem wszedł na most, który zadrżał pod jego ciężarem.

Dzieci poczuły drżenie, ale nie zwróciły na to uwagi. Były tak przerażone, że nie reagowały na nic. Zdawało im się, że idą po kruchym lodzie albo po cieniutkim szkle, które zaraz pęknie jak choinkowa bombka. Nad ich głowami fruwały krzyczące przeraźliwie mewy. Nie było poręczy, więc bały się, że zaraz runą do morza. Na środku, tam gdzie łuk mostu wznosił się najwyżej, Wiki spojrzała pod nogi. I zastygła w bezruchu.

– Nie mogę... – szepnęła. – Nie chcę iść dalej.

Zacisnęła powieki i dygotała ze strachu. Kuki wyciągnął rękę i zawołał:

– Daj mi rękę. No daj!

Wiki nie zareagowała. Stała bez ruchu. Kuki zrobił krok w jej stronę, szklany most zadrżał niebezpiecznie. Chwycił dłoń Wiki.

– Nie bój się. Idź powoli.

– Nie chcę.

– Zamknij oczy i chodź... Proszę! – Pociągnął ją za rękę.

Wiki zacisnęła powieki i ruszyła. Szła po omacku, prowadzona przez Kukiego jak ślepiec przez przewodnika. Most był wygięty w łuk i teraz schodzili już w dół. Było to trudne, bo lśniąca powierzchnia była śliska jak lód.

Nagle powiał wiatr i most się zakołysał. Filip, idący z krzesłem, zachwiał się, rozpaczliwie próbując złapać równowagę. Podążająca za nim Tosia poślizgnęła się i upadła. Zaczęła zsuwać się po gładkiej powierzchni. Podcięła nogi Filipa, który także się przewrócił. Most kołysał się coraz mocniej i Kuki razem z trzymającą go za rękę Wiki również się wywrócili. Wszyscy zaczęli zjeżdżać w dół szklistego łuku. Była to śmiertelnie niebezpieczna jazda. Most był wąziutki jak poręcz schodów i śliski jak lodowy sopel. Pod nimi huczało morze.

Dzieci zjeżdżały coraz szybciej. Próbowały trzymać się mostu, ale ostra krawędź przecinała skórę, więc musiały jechać bez trzymanki. Przed nimi wyrastał wielki statek. Most unosił się nad jego tylnym pokładem jak szklana trampolina.

Na najwyższym pokładzie Queen Victorii mieściła się włoska restauracja.

Kucharze szykowali właśnie wykwintne spaghetti alla putanesca, kiedy nagle usłyszeli głośne uderzenie w sufit, od którego podskoczyły wszystkie talerze. Jednocześnie podnieśli głowy i spojrzeli w górę. Po chwili rozległo się drugie uderzenie, a potem dwa kolejne.

– Co to było? – spytał szef kuchni.

– Nie wiem... Sprawdzę. – Najmłodszy z kucharzy odłożył nóż, otarł ręce i wyszedł po schodkach na najwyższy pokład, gdzie sterczały wentylatory i anteny. Rozejrzał się, mrużąc oczy od słońca, ale nie zobaczył niczego poza stadem mew fruwających wokół komina. Wzruszył ramionami i wrócił do kuchni. Wtedy zza czerwonego komina Queen Victorii wychyliła się głowa Filipa. Kiwnął ręką. Wysunęła się Tosia, Kuki i mała Wiki.

– Szybko! – Filip chwycił krzesło i pobiegł w stronę metalowych schodków.

– A co zrobiłeś z tym mostem? – spytał Kuki.

– Rozkazałem, żeby wpadł do wody.

– Mam nadzieję, że nikt za nami nie szedł.

Wielka fala opadła, odsłaniając głowę Maksa. Wokół tonęły odłamki świetlnego mostu. Mężczyzna rozpaczliwie machał rękoma, kolejna fala uniosła go i wtedy zobaczył oddalający się statek. Krzyknął:

– Ratunku! Ratujcie mnie!

Ale nikt go nie usłyszał. Statek odpływał, a Max rozpaczliwie próbował go dogonić.

Queen Victoria miała pięć pokładów widokowych. Tutaj turyści opalali się na wygodnych leżakach lub oglądali morze przez wielkie lunety.

Dzieci weszły na pokład numer jeden, wypatrując rodziców między opalającymi się turystami i zaglądając do kajut przez okrągłe okienka.

– Gdzie mogą być rodzice? Tutaj jest tysiąc kajut.

– Usłyszymy muzykę…

– Skąd wiesz, że teraz grają...?

– Przepraszam. Wy jesteście z pierwszego pokładu?

Obrócili się. Stał za nimi chłopak w czerwonym mundurze ze złotymi guzikami.

– Jesteście z pierwszego pokładu? – powtórzył, uśmiechając się do dzieci.

Dzieci spojrzały na siebie niepewnie.

– Tak. Jesteśmy... – skłamała szybko Tosia.

– To chodźcie ze mną.

Nie mieli wyjścia, musieli za nim iść. Chłopak ruszył w stronę szerokich drzwi na końcu korytarza i gadał jak najęty.

– Dla dzieciaków z pierwszego pokładu robimy dziś zawody. Rodzice wam nie powiedzieli?

– Nieee...

– Zaprowadzę was. Będzie fajna zabawa. W której kajucie mieszkacie? Jakoś nie mogę sobie was przypomnieć...

Zanim zdążyli odpowiedzieć, wprowadził ich do wielkiej sali, w której grupa dzieciaków udawała żaby. Dziewczyna ubrana w strój różowej ośmiornicy krzyczała do mikrofonu:

– Łał! Ale zabawa. Zaczynamy nowy wyścig żab. Kto chce wystartować!?

Chłopak w mundurze zostawił ich i gdzieś poszedł.

– Zwiewamy stąd? – spytał szeptem Kuki.

– Nie możemy łazić całą bandą – zadecydował Filip. – Kuki i Wiki zostaną tu z krzesłem, a ja z Tośką poszukam rodziców.

– Ja też chcę szukać rodziców! – zaprotestował Kuki.

– Nie wrzeszcz. Jak ich znajdziemy, to po was wrócimy. Tylko tym razem nie róbcie żadnych numerów. Po prostu udawajcie, że jesteście pasażerami, i siedźcie spokojnie.

– A jak nas spytają, skąd się tu wzięliśmy?

– To udawajcie, że mówicie po madagaskarsku – powiedziała Tosia.

Wybiegli. Kuki i Wiki rozglądali się niepewnie po sali. Podeszła do nich różowa ośmiornica.

– A wy nie chcecie się bawić? Chodźcie do nas.

Pociągnęła ich na środek sali, między bawiące się dzieci.

Tosia i Filip biegli długim korytarzem. Na końcu szerokie schody prowadziły do ogromnego holu pełnego sklepów i kawiarni. Dzieci były zdumione. Nie miały pojęcia, że statek wygląda w środku jak wielki supermarket. Zbiegły schodami i zaczęły się przeciskać między pasażerami. Tosia zobaczyła napis „INFO" na środku holu. Za ladą siedział marynarz w zielonym mundurze. Spojrzał z uśmiechem na dzieci.

– Słucham?

– Szukamy państwa Ross – powiedziała Tosia.

– Ross... Już wiem. Są muzykami w orkiestrze?

– Tak!

– O siódmej będą grać w kawiarni Dolce Vita. Dwunasty pokład. Możecie tam pojechać windą. – Pokazał ręką w stronę korytarza, gdzie były drzwi do wielu wind.

Kuki i Wiki wzięli już udział w kilku zabawach. Kuki robił to niechętnie, bo myślał wciąż o rodzicach. Był coraz bardziej zdenerwowany. Za to mała Wiki bawiła się doskonale. Skakała na wyścigi w workach, rzucała piłkami do celu i zjadała ciastko z kremem bez pomocy rąk.

Śmiała się i bawiła, jakby była naprawdę siedmioletnią dziewczynką. Bo tak naprawdę cień dorosłej ciotki już zniknął i Wiki stała się prawdziwym dzieckiem.

Prowadząca imprezę dziewczyna zarządziła przerwę. Zziajane dzieci pobiegły do bufetu po napoje i słodycze. Kuki i Wiki zabrali krzesło i wymknęli się na pokład. Usiedli na ławce. Daleko w dole szumiało ogromne błękitne morze. Wiał wiatr i Wiki próbowała zapleść sobie warkoczyki, żeby włosy nie wpadały jej do oczu.

– Wiesz co? – powiedział Kuki. – Jak odczarujemy rodziców, to popłyniemy razem z nimi tym statkiem. Zrobimy wycieczkę dookoła świata. Albo wyczarujemy sobie własny statek i ja będę kapitanem.

– A czy ja... Czy ja mogę popłynąć z wami? – spytała Wiki.

Kuki wzruszył ramionami.

– Coś ty? Przecież ty za godzinę będziesz znowu wstrętną ciotką. Będziesz dorosła i nikt nie będzie chciał z tobą płynąć.

Dziewczynka przestała zaplatać warkocze i spojrzała na niego ze strachem.

– Przecież ja mogę zostać taka jak teraz.

– Nie możesz.

– Czemu?

– Masz dom, dowód osobisty i pracę. Jakbyś znikła, toby cię szukali... Zresztą sama chciałaś być znów dorosła.

– Ale już nie chcę być! Nie chcę!

– I co z tego? Nasi rodzice na pewno każą, żebyś była jak dawniej.

– I jak ja będę wyglądać? – pytała przerażona Wiki.

– A co? Już zapomniałaś. Będziesz okropna. O, widzisz tamtą panią. Będziesz taka jak ona.

Wiki spojrzała na chudą pasażerkę w czarnej sukni, która ciągnęła za rękę wyrywające się dziecko. Kobieta krzyczała do małej:

– Chodź, ty wstrętna histeryczko! Dalej!

Wiki patrzyła na okropną kobietę z przerażeniem.

– Nie chcę być taka. Błagam cię, powiedz im, żeby mnie nie zmieniali. Powiedz, żeby nie...

Kuki nie słuchał jej. Obrócił głowę. Gdzieś z daleka zaczęła dobiegać muzyka. Muzyka orkiestry!

– Słyszysz? Tam są nasi rodzice. To moja mama gra... Jestem pewny!

Kuki zerwał się.

– Ja muszę ich zobaczyć... Zostań tu. Ale przysięgnij, że nie ruszysz krzesła. Rozumiesz? Żadnych czarów!

Kuki popędził schodami na górny pokład. Nie zauważył, że Wiki patrzy za nim w jakiś dziwny sposób. Dziewczynka otarła łzy i szepnęła:

– Nie będę taka. Nigdy!

Chwyciła krzesło i podbiegła z nim do burty. Spojrzała na morze huczące w dole i szepnęła do czerwonego krzesła:

– Nienawidzę cię!

A potem rzuciła je za burtę. Krzesło runęło w dół i wpadło do morza, rozbryzgując wodę. Wiki patrzyła, jak odpływa, oddala się od statku, jest coraz mniejsze i mniejsze. Po chwili czerwonego krzesła nie było już widać. Wtedy dziewczynka usiadła na pokładzie i zaczęła płakać.

Kuki szedł przez labirynt korytarzy, starając się znaleźć miejsce, skąd dobiegała muzyka. W końcu zobaczył szklane drzwi z napisem „Dolce Vita", popchnął je i wtedy zobaczył rodziców.

Siedzieli z innymi muzykami na wysokiej scenie. Mama ubrana była w czarną sukienkę. Miała okulary przeciwsłoneczne. Obok stał tato w czarnej marynarce. Grali jakąś powolną smutną melodię, a ludzie tańczyli. Inni pasażerowie siedzieli na miękkich fotelach i sączyli napoje. Kelnerzy krążyli po sali z tacami. Kuki tego wszystkiego nie zauważał. Szedł jak zahipnotyzowany w stronę rodziców. Wiedział, że nie powinni go zobaczyć, zanim nie zostanie zdjęty czar, ale nie mógł się powstrzymać. Chciał być blisko nich. Nagle usłyszał:

– Kuki! Stój!

Za sztucznymi palmami siedzieli ukryci Filip i Tosia. Filip pociągnął brata do kryjówki.

– Po co tu przylazłeś? – szepnął.

– Chciałem zobaczyć rodziców.

– Zostawiłeś krzesło!?

– Ciotka go pilnuje!

Filip popatrzał na niego zaniepokojony, zerwał się i pobiegł do wyjścia. Tosia i Kuki popędzili za nim. Wbiegli na pokład, na którym została Wiki. Dziewczynka siedziała oparta o barierkę i miała twarz ukrytą w dłoniach.

– Gdzie jest krzesło!? – krzyknął Filip.

Wiki nie odpowiedziała.

– Co z nim zrobiłaś? Mów!

Powoli podniosła głowę. Spojrzała na rodzeństwo i cicho szepnęła:

– Wyrzuciłam je.

– Co?

– Wrzuciłam je do morza.

– Dlaczego!?

– Nie chciałam... być dorosła.

– Jesteś wstrętna! – krzyknął z rozpaczą Kuki. – Wstrętna oszustka!

Max rozpaczliwie próbował doścignąć Queen Victorię. Wielkie fale przelewały się nad nim i tracił powoli siły. Zaczynał tonąć.

I wtedy coś zobaczył. Kiedy fala uniosła go, to ujrzał daleko na morzu czerwony punkt. Przetarł oczy. Na falach unosiło się krzesło!

Mężczyzna zaczął rozpaczliwie płynąć w jego stronę. Resztkami sił zbliżył się do krzesła i spróbował je złapać, ale fale wciąż go odpychały. Nie miał już sił. Zachłysnął się wodą i zanurzył. I wtedy jakaś litościwa fala uniosła go i położyła na siedzeniu. Max z całych sił objął czerwone krzesło i zawołał z rozpaczą:

– Uratuj mnie! Proszę cię, uratuj mnie... Chcę być tam, na statku.

Fala zalała mu usta, ale wypluł wodę, wpijając dłonie w oparcie krzesła, i krzyczał:

– Uratuj mnie. Błagam cię! Nie będę już oszukiwał. Nie będę kradł! Nie zrobię już nigdy nic złego. Oddam im to krzesło... Oddam im je. Przysięgam! Tylko mnie ratuj! Błagam! Uratuj mnie!

I wtedy nadeszła wielka fala. Wysoka jak dom, olbrzymia fala tsunami pędziła w jego stronę. Uniosła Maksa i porwała go wraz z krzesłem.

Tosia, Filip i Kuki siedzieli skuleni w kącie pokładu. Wiki siedziała osobno, daleko od nich. Nie wiedzieli, co zrobić. Po prostu nic, ale to zupełnie nic już zrobić nie mogli. Wreszcie Tośka podniosła się.

– Chodźcie.

– Dokąd? – spytał Kuki.

– Do rodziców.

– Zwariowałaś? – krzyknął Filip. – Przecież oni są...

– Wiem. Ale nikogo innego nie mamy.

Ruszyła w stronę pokładu, gdzie grała orkiestra. Kuki i Filip poszli za nią.

Mała Wiki została sama. Płakała cicho, z twarzą wtuloną w dłonie. I wtedy usłyszała dziwny dźwięk. Huk, jakby nadlatywała kometa albo wielka lawina. Dziewczynka obróciła się. Zobaczyła, jak morze na horyzoncie unosi się i pędzi w jej stronę. Nadciągała wielka fala tsunami. Była olbrzymia. Większa niż statek Queen Victoria. Zbliżała się z ogromną prędkością, hucząc straszliwie.

Wiki zasłoniła głowę i zamknęła oczy. Fala uderzyła w statek, który zakołysał się. Masa wody zalała najwyższy pokład i po chwili spłynęła. Potem morze uspokoiło się, stało się ciche i łagodne.

Wiki opuściła dłonie. Na pokładzie stało czerwone krzesło. A na nim siedział ociekający wodą Max.

Wiki zerwała się.

– Skąd masz to krzesło!?

Max rozejrzał się nieprzytomnie. Otarł wodę z twarzy i spojrzał na Wiki, która szła do niego i krzyczała:

– Skąd je masz?! Oddaj mi je!

Max nie odpowiedział. Powoli wstał z czerwonego krzesła i je zasłonił.

– Oddaj mi je – szepnęła błagalnie Wiki. – Ja chcę je z powrotem...

Mężczyzna złapał krzesło.

– Daj mi je! Proszę... – szepnęła Wiki.

Max ściskał w dłoni oparcie czerwonego krzesła i patrzył na dziewczynkę.

A potem powoli wyciągnął rękę i podał jej magiczny przedmiot.

– Dziękuję... – zawołała Wiki i popędziła z krzesłem na schody.

Max spoglądał na nią, ale nie czuł żalu. Pierwszy raz w życiu coś komuś dał. I czuł się wspaniale.

Filip, Tosia i Kuki szli powoli w stronę sceny, na której grała orkiestra. Rodzice nie dostrzegali ich. Wreszcie Tosia zawołała:

– Mamo...!

Mama obróciła głowę i zobaczyła dzieci. Patrzyła oszołomiona, potem zerwała się i podbiegła do nich.

– Co wy tu robicie!? – krzyknęła.

– Przyjechaliśmy do was.

– Co? – Mama obróciła się i zawołała: – Piotr! Zobacz! Oni tu są! Widocznie schowali się na statku. Cały czas z nami płynęli.

Tato przestał grać, opuścił skrzypce i podszedł do dzieci. Twarz wykrzywiała mu złość.

– Czy wyście oszaleli! Kto za to zapłaci?

Dzieci patrzyły z rozpaczą na rozzłoszczonych rodziców. Gdzieś w głębi duszy łudziły się, że ich widok coś zmieni. Jednak czar trwał nadal. Mama zaczęła krzyczeć:

– Czy wy zawsze musicie wszystko popsuć? Tu było tak pięknie... Tak spokojnie! A wy wszystko zepsuliście!

– Mamo, czy ty się nie cieszysz, że tu jesteśmy? – zapytała rozpaczliwie Tosia.

– A z czego mam się cieszyć? Z kłopotów? Stracimy przez was pracę!

– Mamo...!

Muzycy z orkiestry spoglądali na nich ze zdziwieniem. Szef sali, który stał przy drzwiach, ruszył w ich stronę. Tato krzyknął ze złością:

– Nie widzicie, że jesteśmy zajęci? Zostawcie nas w spokoju. Idźcie gdzieś!

Ojciec podniósł skrzypce i znów zaczął grać. Mama spojrzała jeszcze raz na dzieci i syknęła:

– Odejdźcie stąd!

I też powróciła do grania.

Rodzeństwo patrzyło oszołomione na rodziców. W końcu dzieci odwróciły się i ruszyły do wyjścia.

Szły powoli, bez celu. Przecież nie miały dokąd iść. Nie miały już żadnej nadziei. I wtedy usłyszeli wołanie:

– Tośka! Filip! Kuki!

Przez pokład pędziła Wiki. Niosła czerwone krzesło. Podbiegła i bez słowa postawiła je przed zdumionym rodzeństwem. Tosia chciała o coś spytać, ale Kuki nie czekał. Natychmiast usiadł na krześle i spojrzał na rodziców. Skoncentrował na nich wzrok z jakąś niezwykłą siłą i zaczął mówić:

– Chcę... Chcę, żeby nasi rodzice byli tacy jak dawniej. Żeby do nas wrócili! Żeby nas kochali i już nigdy nas nie zostawili.

I wtedy wszystko umilkło. Orkiestra przestała grać, a ludzie przestali tańczyć, nawet morze zastygło w bezruchu. Wszyscy na pokładzie znieruchomieli w niemym oczekiwaniu. Zapadła zupełna cisza.

Mama powoli odłożyła wiolonczelę. Zdjęła przeciwsłoneczne okulary. Ojciec wypuścił z rąk skrzypce i obrócił głowę. Spojrzeli oboje na swe dzieci. Patrzyli na nie, jakby nagle obudzili się ze snu. Ze straszliwego snu. Dzieci stały bez ruchu. Czekały. Mama pierwsza ruszyła w ich stronę. Za nią pobiegł tato. Przeskakując po kilka stopni, zbiegli ze sceny i pędzili do swoich dzieci.

Wtedy rodzeństwo pobiegło w ich stronę. Ludzie rozstępowali się, a oni biegli do siebie, i nic nie mogło ich powstrzymać.

– Mamo!

Kuki chwycił rękę mamy, która objęła go z całych sił. Tato złapał za ramiona Filipa i przytulił go. Tosia oparła się o jego ramię i chwyciła dłoń mamy, tak jakby chciała mieć ich oboje jak najbliżej. I stali tak razem, wtuleni w siebie, i zapomnieli o wszystkim, co było złe, bo wierzyli, że zło minęło i już nigdy nie powróci.

Wielkie żółwie na Galapagos i miniaturowe hipopotamy w Togo. Chmury złotych motyli na Haiti i latające ryby na Orinoko. Obrazy przypływały i znikały. Wielkie miasta z wielkimi wieżowcami i maleńkie wyspy z jednym maleńkim domem.

Mama, która się uśmiecha, Filip i tato, którzy skaczą z burty do ciepłego oceanu, choć to trochę niebezpieczne. I Tosia, która całuje nos delfina. I wielki sztorm, i...

– Kuki. Idź już spać.

– Obejrzę to do końca – poprosił Kuki.

– Oglądałeś to sto razy.

Mama wyciągnęła z rąk syna tablet na którym wyświetlały się fotografie, i wyłączyła go. Od kiedy powrócili do domu, Kuki każdego wieczora ją wyciągał i oglądał zdjęcia z podróży. Inni też je oglądali. Bez przerwy. Bo wciąż nie mogli się przyzwyczaić, że już nie kołysze ich morze. Że każdego ranka budzą się w tym samym miejscu. Nie jest łatwo powrócić z niezwykłej podróży dookoła świata do zwykłego domu.

– Mamo, kiedy znów popłyniemy gdzieś daleko? – zapytał Kuki

– Nie wiem. Teraz chcę być z wami, we własnym domu.

– No pewnie, że będziesz z nami, ale przecież możemy razem gdzieś pojechać albo polecieć... To nudno tak ciągle siedzieć w jednym miejscu.

– Jesteśmy w domu dopiero od miesiąca!

– No właśnie. Nudzimy się już od miesiąca! – zawołał Filip.

– A ja chcę, żeby jak najdłużej było tak cudownie nudno i spokojnie – powiedziała mama. – A wy musicie chodzić do szkoły.

– Nie musimy! – zawołał Kuki. – Możemy usiąść na czerwonym krześle i...

– Ciii... – tato zasłonił mu usta i zerknął na otwarte okno. – Zapomniałeś, że nie możemy mówić o nim głośno.

– Właściwie dlaczego nie możemy?

– Bo nikt nie może się o nim dowiedzieć – powiedziała Tosia. – Prawda tato?

– Tak. Nikt i nigdy.

Spojrzeli na czerwone krzesło, które stało obok łóżka. Wyglądało, że ono też się trochę nudzi. Rodzice zdecydowali, że można zrobić jeden czar na tydzień i tylko taki, żeby sąsiedzi niczego nie zauważyli.

– W każdym razie dziś nie wyruszamy w żadną podróż, więc kładźcie się spać – powiedziała stanowczo mama. – Dobranoc, Kuki. Dobranoc, Filip. Śpijcie już. Dobranoc, Tośka.

Mama pocałowała każde z dzieci i zgasiła światło.

– A ja? Zawsze o mnie zapominasz!

Mama obróciła się.

Na łóżku pod oknem leżała mała Wiki. Spoglądała z wyrzutem. Mama podbiegła do niej.

– Przepraszam cię, siostrzyczko. Wciąż nie mogę się przyzwyczaić, że mam teraz czworo dzieci.

– A ja mam dziś urodziny! – zawołała Wiki. – Wszyscy zapomnieliście!

– Ciocia ma dziś urodziny? – zawołał Kuki.

– Tak. Czterdzieste! To znaczy ósme.

Rodzeństwo wyskoczyło z łóżek i podbiegło do Wiki. Mama usiadła obok niej i powiedziała uroczyście:

– Kochana Wiki, życzę ci wszystkiego dobrego. I żeby spełniło się twoje największe marzenie, i żeby...

– MAMO! UWAŻAJ! – krzyknęły dzieci.

– Co? Dlaczego? – spytała niepewnie mama.

– Siedzisz na krześle.

Mama zerwała się z czerwonego krzesła. Ciągle zapominała, że to nie jest zwykły mebel! Rozejrzała się niespokojnie.

– Nie martw się – powiedział tato i objął mamę. – Nic się nie stanie, bo...

TRZASK. Gdzieś w głębi domu rozległ się dziwny dźwięk. Jakby ktoś przesuwał ogromny, ciężki kamień.

– Tato, co to jest? – szepnęła Tośka.

– Nie wiem...

– Czuję, że będą kłopoty – jęknął Kuki.

HUK! Załomotało jakby kamienny potwór postawił stopę na dachu. Zadrżały wszystkie przedmioty i na podłogę spadł wazon z kwiatami.

– Co się znowu dzieje? – szepnęła mama.

Dom zachwiał się. Drżał jak samolot przed startem.

– Może to jest trzęsienie ziemi?

Tato podbiegł do Wiki.

– Jakie ty miałaś marzenie? Powiedz!

– Ja...

Dom zakołysał się znów, posypał się tynk z sufitu. Modele statków spłynęły z półek.

– Wiki! Skup się! Jakie miałaś marzenie?! – krzyknęła Tosia.

– No... Ja miałam takie samo jak wy...

– To znaczy jakie?

– Chciałam polecieć znowu w podróż.

– Polecieć?

– No tak. Bo latanie jest milsze niż pływanie.

– Co? Przecież ty się bałaś latać!

– Ale już się nie boję.

HUK. Dom podskoczył, a lampa zawirowała jak karuzela i zgasła. Mama chwyciła Kukiego za rękę.

– Uciekajmy stąd! Szybko!

Chcieli wybiec, ale w tej chwili dom się zakołysał i wszyscy przewrócili się na dywan. Budynek się przechylił. Łóżka stanęły sztorcem, a kilka rzeczy wyfrunęło przez okno. Turlali się po podłodze, próbując się czegoś złapać.

– Tato!

Wtedy rozległo się straszliwe chrupnięcie, jakby ktoś wyrwał ząb olbrzymowi, a potem zapadła kompletna cisza. Tylko dom łagodnie się kołysał.

Tato wybiegł na balkon. Za nim pobiegli inni.

Spojrzeli w dół i zobaczyli, że ulica się oddala. Dom oderwał się od fundamentów i unosił się w górę!

– Tato! My lecimy. Lecimy!

Dom leciał lekko i bez hałasu, łagodnie się kołysząc.

– Odwołajcie ten czar! – krzyknęła mama.

Zaczęli szukać czerwonego krzesła, ale wśród poprzewracanych mebli nie było go widać.

– Ono wypadło! – zawołała z balkonu Wiki. Popędzili do niej.

Krzesło leżało na trawniku, pod domem. Było daleko, poza ich zasięgiem, a dom wciąż się unosił, wyżej i wyżej.

– Jak my je odzyskamy? – zawołał Filip.

– Lepiej powiedz, jak wrócimy na ziemię – szepnęła Tosia.

Za oknem przelatywały ptaki i obłoki, a wiatr popychał dom w stronę morza. Światła miasta powoli zostawały za nimi, a oni lecieli jak sterowiec albo dziwny pojazd kosmiczny.

– No, to już koniec – powiedział Kuki. – Będziemy tak lecieć do końca świata.

– Nie złośćcie się na mnie – szepnęła Wiki. – Przecież chcieliście polecieć w podróż! Wy też tego chcieliście.

– Ale chcieliśmy potem wrócić! Podróże są dobre, jeżeli można wrócić, rozumiesz!?

– Nie krzyczcie na nią. – Mama przytuliła Wiki.

– Wszystko będzie dobrze... Jakoś sobie poradzimy, prawda tato? – spytała Tosia.

– Tak. Na pewno.

Mama zapaliła świece, a Filip latarkę i z ziemi dom wyglądał jak jeszcze jedna gwiazda. Miasto zostało daleko pod nimi. Choć stali na balkonie, to żadne z nich nie mogło już zobaczyć, jak czerwone krzesło powoli wstaje z trawy i unosi się w górę. Zawisa w powietrzu i obraca się, jakby zastanawiało się, dokąd lecieć. Jakby czegoś szukało. Na ciemnym niebie iskrzyły się setki gwiazd, ale tylko jedna gwiazda poruszała się powoli. Czerwone krzesło poleciało prosto w jej stronę.

ANDRZEJ MALESZKA

MAGICZNE DRZEWO

TAJEMNICA MOSTU

KUKI, WIKI I MELANIA MUSZĄ ODNALEŹĆ MOST ZAPOMNIENIA. CZEKA NA NICH GIGANTYCZNY PAJĄK, PODZIEMNA RZEKA I GROŹNA GRETA O TROJGU OCZACH. LECZ TYLKO PRZEJŚCIE PRZEZ MOST UWOLNI FILIPA OD CZARU TAJEMNICZEJ ŻU. NA SZCZĘŚCIE PO ICH STRONIE STOI NAJLEPSZY ROBOT ŚWIATA, PIES GENIUSZ I CUDOWNA KOTKA LATTE!

OPOWIEŚCI *MAGICZNEGO DRZEWA* SĄ PODSTAWĄ ZNANEGO NA ŚWIECIE CYKLU FILMOWEGO, NAGRODZONEGO EMMY – TELEWIZYJNYM OSCAREM – ZA WYOBRAŹNIĘ, MĄDROŚĆ I HUMOR.

ANDRZEJ MALESZKA
MAGICZNE DRZEWO
TAJEMNICA MOSTU

ANDRZEJ MALESZKA

MAGICZNE DRZEWO

OLBRZYM

Kuki zostaje obdarzony nadludzką siłą, by pokonać olbrzyma o siedmiu wcieleniach. Walczy ze zwierzomaszynami, stalowym ptakiem i pożeraczem światła. Wędrują z nim mądra Gabi, super gracz komputerowy Blubek i gadający pies. W dalekiej Azji szukają tajemniczego domu pilnowanego przez złotego tygrysa. Powieść w tempie gry komputerowej, pełna przygód i humoru. Nie można się od niej oderwać!

Opowieści *Magicznego Drzewa* są podstawą znanego na świecie cyklu filmowego, nagrodzonego Emmy – telewizyjnym Oscarem – za wyobraźnię, mądrość i humor.

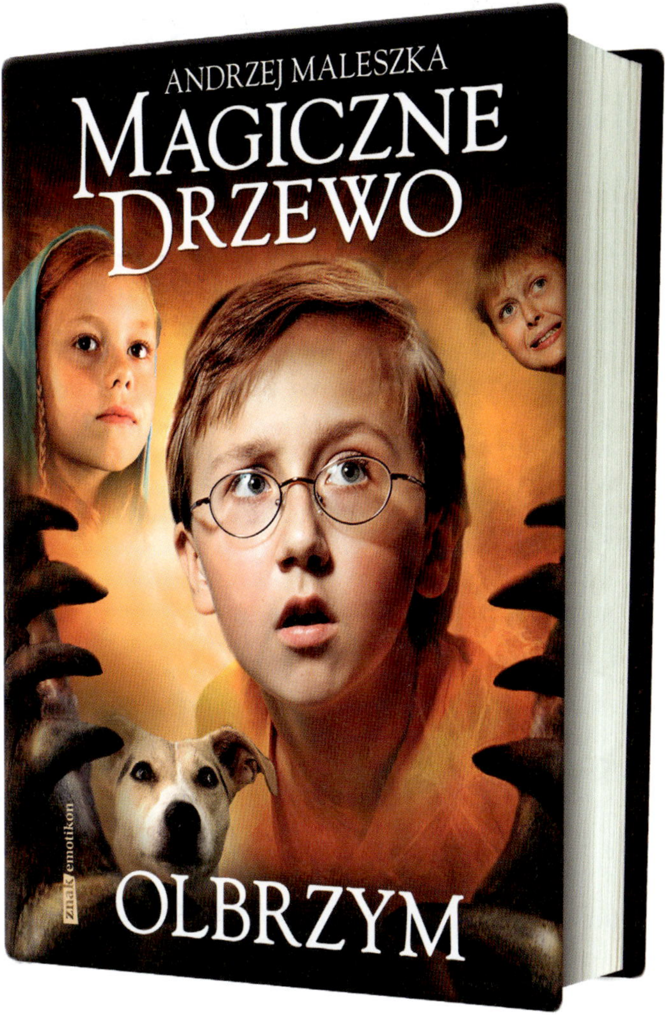
ANDRZEJ MALESZKA
MAGICZNE DRZEWO
OLBRZYM
znak emotikon

ANDRZEJ MALESZKA

MAGICZNE DRZEWO

POJEDYNEK

KUKI WYCZAROWUJE SWEGO KLONA, BY ZASTĄPIŁ GO W NUDNYCH ZAJĘCIACH. JEDNAK KLON ZDOBYWA MAGICZNĄ MOC I ZACZYNA POJEDYNEK Z PRAWDZIWYM KUKIM. TWORZY GIGANTYCZNEGO ROBOTA, ŻYWE LABIRYNTY I ZMIENIA LUDZI W DZIWNE STWORZENIA. NA NIESAMOWITEJ WYSPIE KUKI, GABI I BLUBEK MUSZĄ STOCZYĆ NIEBEZPIECZNĄ WALKĘ. CZEKAJĄ NA NICH OLBRZYMIE ROBOTY, TAJEMNICZE SZACHY, GROŹNY ŁAPACZ I PIES MÓWIĄCY LUDZKIM GŁOSEM. PRZYGODOWA POWIEŚĆ W TEMPIE GRY KOMPUTEROWEJ.

OPOWIEŚCI *MAGICZNEGO DRZEWA* SĄ PODSTAWĄ ZNANEGO NA ŚWIECIE CYKLU FILMOWEGO, NAGRODZONEGO EMMY – TELEWIZYJNYM OSCAREM – ZA WYOBRAŹNIĘ, MĄDROŚĆ I HUMOR.

FACEBOOK.COM/SERIAMAGICZNEDRZEWO

WWW.MAGICZNEDRZEWO.COM

ANDRZEJ MALESZKA
MAGICZNE DRZEWO
POJEDYNEK

ANDRZEJ MALESZKA

MAGICZNE DRZEWO
GRA

Klon Kukiego szuka tajemniczej kostki do gry. Odnajduje ją Kuki. Kostka ma potężną moc i wciąga posiadacza do niebezpiecznej gry. Gdy wypada jedynka, uruchamia się lawina groźnych zdarzeń. Gabi, Blubek, Kuki i jego pies zostają porwani do podziemnej twierdzy klona. Muszą pokonać roboty, Moradora i Marę, sterowane nietoperze i pułapki skorpiona Korto. Przygodowa powieść o szybkim tempie i zaskakujących pomysłach. A także o szczęściu, pechu i przyjaźni...

Opowieści *Magicznego Drzewa* są podstawą znanego na całym świecie cyklu filmowego, nagrodzonego Emmy– telewizyjnym Oscarem – za wyobraźnię, mądrość i humor.

ANDRZEJ MALESZKA
MAGICZNE DRZEWO
GRA

ANDRZEJ MALESZKA

MAGICZNE DRZEWO

CIEŃ SMOKA

Nieostrożny czar wywołuje z głębin morza smoka wraz z armią olbrzymich stworów. Bohaterowie muszą stoczyć z nimi walkę, by smok nie rzucił na świat swego cienia. Pokonać go można tylko dzięki figurce z magicznego drzewa. Figurka zmienia się w istotę obdarzoną niezwykłą mocą. Ale ma ona też niebezpieczne cechy... Kuki, Gabi i Blubek wyruszają do podwodnego świata na najtrudniejszą ze swych wypraw.

Opowieści *Magicznego Drzewa* są podstawą znanego na całym świecie cyklu filmowego, nagrodzonego Emmy– telewizyjnym Oscarem – za wyobraźnię, mądrość i humor.

ANDRZEJ MALESZKA
MAGICZNE DRZEWO
CIEŃ SMOKA